Robert Leitner

Elferkiller

Kriminalroman

„Geschichte ist nichts anderes als ein
Konglomerat von vielen
einzelnen Geschichten, die sich
im Kontext des Weltgeschehens abspielen.“

(Nina Altmüller, Schriftenstand Verlag)

Schriftenstand
by NINA KATZ

Impressum:
Text: Robert Leitner
Lektorat/Gestaltung: Nina Altmüller
Umschlaggestaltung: Sophia Schmidhofer
Autorenfoto: Wakolbinger
Erschienen im Schriftenstand Verlag, Linz 2025
Fertigung und Gestaltung: Schriftenstand Verlag
Printed in Austria
www.schriftenstand.info

ISBN: 978-3-903512-11-5

Vieles in diesem Buch ist erfunden – Begebenheiten, Personen und Beziehungen zwischen diesen. Manches ist jedoch tatsächlich geschehen, ob im Fußball oder in der großen Weltpoltik. Beides spannt den Rahmen für diesen Krimi, der auch Autobiografisches enthält.
Die im Buch enthaltenen Textpassagen mit sexistischem, antifeministischen und antisemitischen Inhalt sind Teil der Geschichte und jener Zeit geschuldet, in der Österreich und die Gesellschaft erst begonnen haben, sich damit aktiv auseinanderzusetzen.

Inhaltsverzeichnis

1989

18. Jänner:
DDR-Staatsratsvorsitzender Erich Honecker verkündet „Die Berliner Mauer wird es auch in 50 und in 100 Jahren noch geben.“

15.Februar:
Abzug des letzten sowjetischen Soldaten aus Afghanistan nach zehnjährigem Besatzungskrieg.

17. Juli:
„Brief nach Brüssel“ – offizielles Gesuch Österreichs um Mitgliedschaft in der Europäischen Gemeinschaft.

19. August:
Paneuropa Picknick an der österreichisch-ungarischen Grenze. 700 DDR-Staatsbürgern gelingt die Flucht in den Westen.

9. November:
Fall der Berliner Mauer.

24. November:
Samtene Revolution am Prager Wenzelsplatz.

1 SCHEINWERFER

Sie schaute auf die Uhr. Es war kurz nach Mitternacht und immer noch brütend heiß. Den Afrikanerinnen auf der anderen Straßenseite machte die Hitze wenig aus, sie waren daran gewöhnt. Zuhause in Vorderstadt gab es nur wenige Hitzetage und in der Nacht kühlte es meist merklich ab. Sie ging auf dem gelben Strich der seitlichen Straßenbegrenzung entlang, die Scheinwerfer der vorbeifahrenden Autos machten ihre langen Beine noch länger, ihr Schatten zog sich wie ein Werbespot vor ihr her. Mit ihren roten High-Heels ging sie ohnehin wie auf Stelzen, die zehn Zentimeter hohen Plateausohlen waren gut fürs Geschäft und ein willkommener Puffer zwischen ihr und dem glühenden Asphalt. Sie war damit größer als die meist kleinwüchsigen Italiener, bei einer schnellen Nummer im Auto fiel das nicht weiter auf. Sobald sie aber ausstiegen, schauten die Freier zu ihr auf, wenn sie ihr überhaupt in die Augen sahen. Sie kramte in ihrer Handtasche. Chanel, Fake, rot - wie ihre Schuhe und Fingernägel. Marlboro light, mit drei Zigaretten musste sie heute Nacht noch auskommen.

Die meisten Autofahrer fuhren an ihr vorbei, manche bremsten ab oder fuhren etwas langsamer, um einen Blick der Schönen der Nacht zu erheischen. Es war nicht ihre Entscheidung gewesen, nach Rimini zu gehen. Die Versprechungen, die man ihr gemacht hatte, waren nur teilweise eingetroffen. Sie verdiente zwar in einer Woche fast so viel wie in einem ganzen Monat in Vorderstadt, allerdings war der Preis, den sie dafür zahlte, hoch und hieß Einsamkeit.

Ein „Steig ein“ riss sie aus ihren Gedanken. Mit so viel Besuch aus der Heimat hatte sie an diesem Wochenende nicht gerechnet. Sie stieg ins Auto und zündete sich eine Zigarette an.

„Was wollt ihr denn hier?“, fragte sie, ohne den beiden Männern einen Blick zuzuwerfen, „ich geh sicher nicht zurück, schon gar nicht zu dem alten Bock da hinten. Lasst mich wieder aussteigen, ihr seid umsonst gekommen!“, forderte sie den Fahrer nach wenigen Minuten zum Stehenbleiben auf. Sie stiegen aus.

Der Mann am Rücksitz blieb im Auto. Wortlos gingen sie zu einer der unzähligen Strandkabinen, in denen nicht nur die Prostituierten ihren Geschäften nachgingen. Die Scheinwerferkegel der vorbeifahrenden Autos verfolgten sie bis in die Kabine.

Als er zum Auto zurückkehrte, war er allein. Lediglich ein von einem nahegelegenen Parkplatz ausstrahlender Lichtkegel erhellte sein Fahrzeug. Am nächsten Morgen machte ein Strandspaziergänger einen grausigen Fund.

2 SENSATIONSTRANSFER

Wie jeden Montag, seit er seine Gerichtspraxis vor fünf Monaten am Kreisgericht in Vorderstadt angetreten hatte, saß Ronnie Astlehner bereits seit einer Stunde am Schreibtisch beim Aktenstudium als sein Kollege zum Dienst erschien. Dieser hatte sich eine neue Ausgabe des österreichischen Erotikmagazins besorgt, um es in seiner gönnerhaften Manier dem Bürokollegen zur Verfügung zu stellen, damit - wie er zu sagen pflegte - die Stimmung und die Moral der arbeitenden Truppe gleich zu Wochenbeginn gehoben werde.

„Die Stimmung ist auch ohne dein Schundheft echt super“, schallte es ihm entgegen, hatte doch der SK Vorderstadt das Derby in der Fußball-Nationalliga gegen den Landstrasser SK klar mit 3:0 souverän gewonnen und damit die Tabellenspitze in der zweithöchsten österreichischen Spielklasse übernommen.

Überhaupt hatte sich die Stimmung in der Stadt gänzlich geändert. Wurde man noch vor kurzem als Krisenregion betrachtet, die einer ungewissen Zukunft entgegensah, so war seit Jahresbeginn Aufbruchsstimmung, die alle Bereiche des städtischen Lebens erfasste, zu verspüren. Wirtschaftlich führte die Ankündigung eines mächtigen deutschen Automobilkonzerns, massiv in den bereits bestehenden Standort zu investieren, sollte Österreich der Europäischen Wirtschaftsgemeinschaft beitreten, zum langersehnten Stimmungswechsel.

Die Aussicht auf weitere Ansiedelungsprojekte und deren Förderung durch die EG sorgte sowohl auf Stadt- als auch auf Landesebene für politische Freudensprünge.

Vorderstadt würde damit an seine glorreiche industrielle Vergangenheit, die vor über 150 Jahren mit der Gründung einer Waffenfabrik begonnen hatte, anschließen und in Zukunft seine Stellung als eines der wichtigsten industriellen Zentren der Republik noch weiter ausbauen können, so der allgemeine Tenor in der medialen Berichterstattung.

Positive Schlagzeilen fanden sich in diesen Tagen nicht nur auf den Politik- und Wirtschaftsseiten. Sportlich gelang dem lange in der Versenkung verschwundenen Traditionsverein SK Vorderstadt mit der Verpflichtung des sowjetischen Superstars Boris Kolodin der Sensationscoup im Europäischen Klubfußball. Als erster UDSSR-Kicker erhielt Kolodin ob seiner sportlichen Verdienste für die Sowjetunion die Freigabe, in den Westen zu wechseln. Zur allergrößten Überraschung zog es ihn nicht nach Madrid, München oder Manchester, sondern nach Österreich und hier nicht nach Wien zu einem der beiden führenden Vereine des Landes. Sein Transfer in die alte Eisenstadt und damit in die zweite Liga füllte die Schlagzeilen der Sportseiten in ganz Europa. Über die Hintergründe des Transfers und die Höhe der Ablösesumme wurde zwischen allen Beteiligten Stillschweigen vereinbart.
Für die Medien war das eine Einladung, verschiedenste zum Teil hochpolitische Spekulationen anzustellen. Die Mutmaßungen reichten vom bevorstehenden Ende der

Sowjetunion, welche dringend ausländische Devisen benötige, um ihre Staatsgeschäfte weiterführen zu können, bis hin zu undurchsichtigen Kompensationsgeschäften, bei denen es um Waffenlieferungen, genauer gesagt die Lieferung von Sturmgewehren aus einer der renommiertesten heimischen Waffenfabriken an die UDSSR, ging. Wiederholte Anfragen von Journalisten bis hinauf zum Verteidigungsministerium ergaben dazu aber keine näheren Informationen. Dennoch sickerten manche Details aus dem Spielervertrag, der eine feudale Villa in unmittelbarer Nähe zum Kreisgericht und einen PS-starken Sechszylinder aus bairischer Produktion enthielt, aus dem Umfeld des Vereins durch.

Beides ließ sich in der Arbeiterstadt schwer verbergen und sicherte dem neuen Bürger einen Status, der selbst bei seinen Nachbarn - allesamt angesehene Ärzte und Rechtsanwälte - in besagtem Viertel für Gesprächsstoff sorgte. Ebenso wie der Umstand, dass nicht nur vermehrt schwarze Luxuslimousinen mit durchtrainierten Insassen im Nobelviertel gesichtet wurden, sondern auch Polizeistreifen in Zivil ihren Dienst versahen. An den Wochentagen wäre dies nicht weiter aufgefallen - die Polizei ging am Kreisgericht aus und ein -, am Wochenende und vor allem an Sonntagen, führte dieser Transitverkehr zu vielen Gerüchten. Wurde Boris Kolodin etwa vom KGB beschattet? Oder war es die Staatspolizei, die auf den wertvollsten Bürger der Stadt, den man außer auf dem Fußballplatz so gut wie nie zu Gesicht bekam, besonders aufpassen musste? Für Verwunderung sorgten zudem die italienischen Kennzeichen auf den schwarzen Fahrzeugen, die Anlass zur Vermutung gaben, dass auch die Mafia beim Sensationstransfer die Hände im Spiel hatte. Die Partnerschaft des SK Vorderstadt mit dem AC Rimini passte da ebenso perfekt ins Bild wie der Umstand, dass der Chef der Staatspolizei eine wichtige Funktion im Präsidium des Traditionsklubs innehatte, dessen erklärtes Ziel es war, nach 30 Jahren wieder in die höchste Spielklasse der Republik aufzusteigen. Und die Chancen standen gut. Sehr gut sogar. In der als ‚Nationalliga' bezeichneten zweithöchsten Spielklasse hatte man eben die Tabellenführung vom Landstrasser SK übernommen, der wiederum knapp vor dem SK Eisen & Stahl und Tempo Tulln lag – allesamt Vereine an der Westautobahn. Kickers Neustadt, Austria Ried und Viktoria Villach komplettierten zusammen mit Alemannia Altach die Clubs der sogenannten Autobahnliga, so der inoffizielle Name dieses Bewerbs mit bester Anbindung an das hochrangige Straßennetz.

„Was steht diese Woche am Programm? Gibt es was Aufregendes oder sollen wir unsere kostbare Zeit wieder mit Schach und Backgammon totschlagen?", sinnierte Dr. Karoly, mit 41 Jahren der älteste Rechtspraktikant, der je am Kreisgericht Vorderstadt eine Zuteilung, in seinem Fall zum diensthabenden Untersuchungsrichter bekam, laut vor sich hin.

„Keine Ahnung, lass dich überraschen. Hast du schon gelesen, dass die Sowjetunion kein Veto gegen unseren Antrag auf Mitgliedschaft in der Europäischen

Gemeinschaft erheben wird. Sie haben zwar Bedenken wegen unserer Neutralität, aber offensichtlich sind wir ihnen nicht mehr so wichtig. Das hätte sich auch keiner gedacht, oder?", machte sich der ebenfalls am Anfang seiner Gerichts- und Berufslaufbahn stehende Mag. jur. Ronald Astlehner so seine Gedanken zu den Schlagzeilen des Tages.

„Offensichtlich haben die Russen derzeit andere Probleme, nach dem Desaster in Afghanistan", erwiderte Stefan Karoly, als er seinen Chef Untersuchungsrichter Dr. Frank durch das Fenster beim Einparken erspähte. Sofort begab sich Karoly zwei Büros weiter in Richtung Haupteingang und stand bereits in der Tür zum Büro des Untersuchungsrichters, als dieser - vom ewigen Stauchaos der Stadt genervt - wieder einmal viel zu spät eintraf.

„Herr Dr. Karoly, tun sie mir bitte den Gefallen und fahren sie in die Justizanstalt. Es geht um die Zeugeneinvernahme eines Häftlings in der Sache Sansibar. Unsere neue Rechtspraktikantin Mag. Madersberger kann ich da ja nicht hinschicken oder was meinen Sie, Herr Kollege?", lautete die erste Dienstanweisung für die neue Woche. „Natürlich nicht, ich mache das gerne, Herr Rat", nahm er diesen Auftrag freudig entgegen.

Stefan Karoly hatte nach seiner rechtskräftigen Verurteilung wegen Untreue, schwerem Betrug und Urkundenfälschung während seiner fünfjährigen Haftstrafe in einer unmittelbar an der Donau gelegenen Justizanstalt begonnen, Jus zu studieren und dieses Studium in Rekordzeit abgeschlossen. Um sich seinen neuen Berufswunsch als Rechtsanwalt zu erfüllen, hatte sich Stefan

Karoly - so wie viele andere Absolventen der Juristerei - für ein einjähriges Gerichtspraktikum entschieden.

Mit seinem Vorstrafenregister, das unter anderen, den Tatbestand der leichten Körperverletzung auswies oder, wie er zu sagen pflegte, seine Karriere als oberösterreichischer Boxchampion im Junior-Weltergewicht abbildete, war dieses Unterfangen im Gegensatz zu unbescholtenen Universitätsabsolventen eher schwierig. Einige Landes- und Kreisgerichte, bei denen der Antrag auf Absolvierung eines derartigen Praktikums einzubringen war, hatten sein Ansinnen unter Verweis auf seinen schlechten Leumund und kriminellen Werdegang abgelehnt. Dass sich aber ausgerechnet in seiner Heimatstadt der Traum vom Leben für die Justiz und die Gerechtigkeit zu erfüllen begann, verdankte Karoly seinen guten Beziehungen zum Vizepräsidenten des Kreisgerichts, den er regelmäßig in einem der bekanntesten Etablissements der Stadt, antraf.

Die Sansibar war eines der wenigen noch verbliebenen Bordelle in einer Stadt, die nach dem Krieg die höchste Dichte an Unterhaltungs- und Vergnügungslokalen aufgewies. Um bösen Gerüchten vorzubeugen, wurde dem ehrenwerten Herrn Vizepräsidenten das Angebot unterbreitet, ein Foto, welches ihn in eindeutiger Pose mit zwei Schönheiten aus Osteuropa zeigte, gegen eine Intervention zu Gunsten Dr. Karolys einzutauschen. Somit ein klarer Fall von Nötigung gemäß § 105 Strafgesetzbuch, der allerdings ungeahndet blieb und Karoly zu seinem neuen Karrierestart in seiner Heimatstadt verhalf. Als einzige Auflage wurde ihm per Bescheid die Möglichkeit einer Laufbahn bei Gericht verwehrt, andere Berufsbilder wie jenes des Rechtsanwaltes oblagen der Entscheidung anderer Institutionen.

Die Causa Sansibar war bereits seit längerer Zeit polizei- und gerichtsanhängig. Mehrere Frauen, die in der Sansibar ihrem einschlägigen Gewerbe nachgehen sollten, wurden von Bekannten oder Verwandten als abgängig gemeldet. In einem Fall hegte Drasko Pivaric, ein stadtbekannter Zuhälter, der zurzeit in der benachbarten Justizanstalt einsaß, den Verdacht, man habe eine seiner Liebsten entführt und in Rimini der Zwangsprostitution - somit dem Gegenteil seines Geschäftsmodells, das auf rein freiwilliger Basis und gegenseitiger Zuneigung beruhte - zugeführt. Dafür habe er entsprechende Beweise, die er gerne der Polizei oder dem Gericht mitteilen wollte, was den besagten Dienstweg von Stefan Karoly in eine ihm durchaus vertraute Umgebung notwendig machte. Ein derartiger Auftrag bedeutete für ihn aber nicht bloß eine Einvernahme. Termine in der Justizanstalt oder im noch näher gelegenen Gefangenenhaus des Gerichts, welches dem Vollzug der vom Gericht verhängten Untersuchungshaft diente, wurden von ihm geradezu inszeniert und proklamiert., insbesondere dann, wenn eine Besuchsaufsicht hinzukam. Eines der Rennpferdchen, wie Drasko Pivaric seine Mitarbeiterinnen gerne bezeichnete, hatte Sehnsucht nach ihrem Beschützer. Nachdem Margot Vadimovic ihren Besuchsschein vom Untersuchungsrichter unterfertigt bekam, bat sie Stefan Karoly um eine Mitfahrgelegenheit zu ihrem Besuchstermin.

„Sehr gerne", entlockte es ihm, „wie heißt du denn und was kostet`s bei dir?"

„Vanessa, und wegen der Kosten mach Dir keine Sorgen. Das kannst du dir von deinem kleinen Beamtengehalt am Gericht sowieso nicht leisten. Aber ich kann mir auch ein Taxi nehmen, wenn`s zu viele Umstände macht?", gab ihm die schlanke und mit ihren toupierten pechschwarzen Haaren zum erdig geschminkten Teint fast dämonisch aussehende Mitte-Zwanzigerin eine Abfuhr, die Stefan Karoly in Rage brachte.

„Reg dich nicht gleich so auf", versuchte ihn Ronnie zu beruhigen, als sich Karoly - wie fast immer bei seinen Dienstfahrten – dessen schwarzen Sportwagen ausborgte.

„Hast du heute schon die Nachrichten gehört? Eine Kollegin deiner Mitfahrerin ist umgebracht worden. Eine gewisse Jaqueline - im bürgerlichen Namen Johanna Eder - ist in Rimini ermordet aufgefunden worden. Die Spuren führen zu uns nach Vorderstadt."

„Die Jacky, die hab ich gut gekannt, sie war immer gut drauf, das gibt`s ja nicht", brach Margot Vadimovic alias Vanessa plötzlich in Tränen aus. Stefan Karoly konnte jetzt gar nicht anders, als sie in den Arm zu nehmen und mit einem Taschentuch zu versorgen, obwohl er zuvor noch ganz anderes im Sinn gehabt hatte. „

Möchtest du dableiben oder fährst du jetzt trotzdem mit oder soll ich dich wo hinbringen?", rang der ansonsten so eloquente und schlagfertige Frauenversteher um die richtigen Worte.

„Ich fahr schon mit. Der Drasko wird auch fertig sein, wenn er das hört. Sie ist früher für ihn anschaffen gegangen. Ich muss zu ihm. Er hat immer gesagt, dass ihr was passiert sein muss, seit sie nicht mehr bei uns ist.“

Schweigend ohne die sonst obligate L'amourmusik aus dem Autoradio hielt Karoly vor dem großen Eisentor der Justizanstalt, zeigte seinen Gerichtsausweis samt der Besuchserlaubnis für seine Begleiterin am Sozius, um anschließend gleich vor der kleinen Kapelle im Gefängnishof sein Gefährt abzustellen.

Das Gefängnis, das ausschließlich für männliche Insassen - viele davon schwere Fälle mit langjährigen Haftstrafen - bestimmt war, befand sich zu einem großen Teil in einem ehemaligen Benediktiner-Kloster. Als zweite Besonderheit bot die neu errichtete Ostseite des Gebäudekomplexes einen wunderbaren Panoramablick auf den Fußballplatz des in der letzten Klasse spielenden SV Ennsfeld. Dementsprechend begehrt waren die Zellen im Osttrakt des Gefängnisses, die neben Drogen, Zigaretten und Tabak sowie Liebesdiensten gleichgeschlechtlicher Natur die wichtigsten Tauschobjekte und Luxusgüter hinter Gittern waren.

Nach dem Ausfüllen der vorgeschriebenen Formulare und den Personenkontrollen folgten Karoly und seine Begleitung einem Justizwachebeamten durch die Gänge des Altbaus. Jedes Mal überkam ihn ein Gefühl von Beklommenheit, wenn er das Gefängnis betrat. Zu frisch waren die Erinnerungen an seine eigene Haftzeit, die er in einer baulich wesentlich moderneren und vom Vollzug her fortschrittlicheren Anstalt abgesessen hatte. Mögliche Überstellungen nach Ennsfeld hatte er aus gutem Grund immer abgelehnt.

Nach außen ließ er sich nicht anmerken, dass ihm die schweren Eisentüren der Gefängniszellen, ja selbst die großen Schlüssel am Bund des Aufsehers und sogar der Geruch von Schweiß und modrigen Zellenabteilen, den selbst das Seifenwasser der Bodenreinigung nicht verdrängen konnte, emotional zusetzten.

Einige wenige Häftlinge, die gerade mit dem Aufwischen der Gangböden beschäftigt waren und offenbar schon lange, keine Frau – oder im Falle von Vanessa, keine derart aufreizende mit eindeutig zuordenbarer Profession – mehr gesehen hatten, machten anzügliche Bemerkungen oder pfiffen ihr hinterher. Stefan Karoly kannte derartiges aus seiner Zeit in der schönen Wachau, verbiss sich jedoch jeden Kommentar, bis sie schließlich in einen spartanisch eingerichteten Raum, der lediglich mit einem Tisch und zwei gegenüber ausgerichteten Sesseln sowie weiteren Sitzmöglichkeiten beim Ausgang möbliert war, eingelassen wurden. Stefan setzte sich zum Beamten neben die Tür, Vanessa nahm am Tisch Platz. Einige Minuten verbrachten sie schweigend, bis sich schließlich die Tür auf der anderen Seite des Raumes öffnete.

Als Drasko Pivaric, ein muskulöser und großgewachsener Typ mit Stoppelglatze, in den Besuchsraum geführt wurde, blieb es zunächst still. Nicht so wie bei früheren Besuchen, bei denen er seine Liebsten freudig an sich zog und den Hinweis des Justizwachebeamten, dass dies verboten sei, wohlweislich ignorierte. Meist gab er sich dann am Vernehmungstisch, der in der Mitte mit einer circa zehn Zentimeter hohen Holzleiste versehen war, um das Verschieben von mitgebrachten Gegenständen zu verhindern, belanglosen und pseudoerotischen Gesprächen hin, bei denen seine Gesprächspartnerinnen meist tief blicken ließen. Diesmal reichte ein Blickkontakt, um zu verstehen, dass etwas passiert sein musste oder vielmehr, dass die Information darüber auch in der Gefängniswelt bereits die Runde gemacht hatte.

Die beiden saßen zunächst schweigend gegenüber, als der Beamte darauf hinwies, dass die Besuchszeit wie immer nur zwanzig Minuten betrage. Ob er denn überhaupt etwas sagen möchte, fragte Karoly nach dem ursprünglichen Grund des Treffens. Als Pivaric nicht antwortete legte Karoly mehr provokant als überlegt nach:

„Vielleicht möchten Sie eine Aussage zum Verschwinden von Johanna Eder machen?"

„Ich hab's eh immer gesagt, dass ihr was passieren wird, aber mir hat man ja nicht geglaubt", kam es mit zittriger Stimme aus Pivaric heraus, um dann in einem Anfall aus Wut und Entrüstung, über alle ihm näher bekannten Einrichtungen der Exekutive und Judikative wüst loszuschimpfen. Diese würden seiner Meinung nach immer auf die kleinen Fische losgehen, die Haie hingegen blieben unbehelligt. Wen er damit konkret meinte, gab er allerdings nicht preis. Vanessa saß teilnahmslos da, ohne auch nur ein Wort zu sagen.

Die zwanzig Minuten waren schnell vorbei, der Justizwachebeamte machte sie darauf aufmerksam und nahm Drasko Pivaric wieder mit in seine Zelle. Für einen Moment kam bei Karoly nochmals die Erinnerung an seine Zeit im Gefängnis auf. An die eisenbeschlagene Zellentür und einen Raum, den er sich zuweilen mit einem anderen Häftling teilen musste, aufs spärlichste eingerichtet - Bett, Tisch, Sessel, ein WC und ein Waschbecken mit kaltem Leitungswasser. Seine Habseligkeiten musste er in seiner Sporttasche verstauen, die er immer unter dem Bett verwahrte. Auf der Rückfahrt versuchte er mit seiner Mitfahrerin abermals ins Gespräch zu kommen. Außer, dass sie nur eine Handtasche und einen Haufen Klamotten besaß, erfuhr er nichts über sie. Er setzte sie direkt vor der Sansibar ab, ohne ihr irgendwelche Avancen zu machen.

Als er wieder beim Gericht eintraf, war es bereits später Nachmittag. Der Untersuchungsrichter hatte sich früher als sonst verabschiedet, da er mitten im Hausbau steckte und die langen Sommertage nutzte, um auch selbst Hand anzulegen. Karoly überlegte bereits, welchen Gastgarten er aufsuchen sollte, da ratterte ein Amtshilfeersuchen der Policia di Rimini auf dem Faxgerät im Büro des U-Richters. Seinem Pflichtgefühl und keinesfalls seiner Neugierde geschuldet, nahm er die Faxnachricht, welche zu seinem Erstaunen in einem sehr blumigen, aber ganz passablen Deutsch verfasst war, an sich. Darin war zu lesen, dass Johanna Eder als Prostituierte am

Straßenstrich von Rimini im Österreichsektor tätig war und man ihren Leichnam nicht weit davon in der Umkleidekabine Nr. 909 am Strand von Rimini aufgefunden hatte. Zum genauen Todeszeitpunkt wurden ebenso wie zur Tötungsart nur ungefähre Angaben gemacht. Der Tod sei wahrscheinlich als Folge einer schweren Körperverletzung, etwa durch einen Schlag mit einem schweren Gegenstand auf ihren Hinterkopf eingetreten, eine genauere Untersuchung sei noch nicht abgeschlossen.

Konkreter wurde das Schreiben dann insofern, als sich mehrere Personen aus Vorderstadt in den letzten Wochen nachweislich in Rimini aufgehalten hätten. Diese - so der Verfasser des Schreibens - mögen nach ihren Motiven und dem genauen Zeitraum ihres Aufenthalts eingehend befragt werden.

Plötzlich spürte Stefan Karoly, wie es ihm förmlich die Schweißperlen aus dem Körper drückte und seine Herzfrequenz rasend zunahm. Stand doch tatsächlich sein Name als dritter auf der Liste, die zu seinem Erstaunen noch viele weitere ihm gut bekannte Personen, darunter auch Dr. Straka, den Vizepräsidenten des Kreisgerichts enthielt. Vorsichtig schaute er sich um, die Bürotür war geöffnet und der Haupteingang zum Kreisgericht nur ein paar Schritte entfernt.

„Das gibt es ja nicht, irgendwas stimmt da nicht“, mit diesen Gedanken verweilte er noch ein paar Augenblicke, als es an der Tür klopfte. Vor Schreck legte er das Fax sofort wieder in das Empfangsgerät zurück.

„Gehst Du heute nicht heim oder bist du noch auf Verbrecherjagd? Oder ist leicht was passiert, so wie du dreinschaust?"

Ronnie Astlehner kannte seinen Freund eigentlich nur von der heiteren Seite, doch dessen Gesichtsausdruck glich dem eines zum Tode Verurteilten. Ronnie versuchte die Situation zu überspielen, indem er eine Einladung auf ein Feierabendseiterl aussprach.

„Komm rein und sieh dir das an, mehr Scheiße geht einfach nicht. Mach bitte die Tür zu." Mit diesen Worten nahm sein leichenblasser Freund das Schreiben aus dem Faxgerät und legte es auf den schweren Vernehmungstisch seines Chefs.

„Jetzt bist du wirklich im richtigen Zimmer, Stefan", brach Ronnie das minutenlange Schweigen zwischen den beiden. „Tschuldigung war nicht so gemeint. Ist sicher ein Missverständnis. Du hast mir mal gesagt, dass du noch nie in Rimini warst, oder?", sah ihn Ronnie fragend an.

„Ja das stimmt, ich habe die Jacky nur flüchtig gekannt, wie das mit Puffbekanntschaften so ist. Aber was soll ich jetzt machen. Soll ich das Fax verschwinden lassen?", geriet Stefan Karoly mehr und mehr in Panik.

„Bist du wahnsinnig. Da werden sie dir sofort draufkommen, dann hängst du noch mehr drin. Du solltest überlegen, was du zu deiner Verteidigung vorbringen kannst", versuchte Ronnie Astlehner seinen Freund von unüberlegten Handlungen abzubringen.

„Egal was ich sage, mir wird man nicht glauben. Für meine Laufbahn bei Gericht ist das der Todesstoß. Was soll ich machen, Ronnie? Kannst du nicht das Fax verschwinden lassen?", schob Karoly seinem Freund das Fax über den Schreibtisch.

„Ich glaub, du spinnst wohl. Ich borg dir gerne mein Auto oder die Dienstwohnung, wenn es sein muss, damit du deine Nutten vögeln kannst. Aber kriminell werde ich wegen dir sicher nicht. Und noch einmal, es hilft nichts, wenn das Fax verschwindet. Sie werden ein Neues senden. Und außerdem ist der Absender im Faxprotokoll mit Datum vermerkt. Da kannst du nichts mehr machen. Das Einzige, was dir hilft, ist die Flucht nach vorne. Schließlich steht auch unser Vizepräsident drauf und da wird man bedacht sein, das Ganze sehr diskret zu behandeln, verstehst du. Am besten du lässt das Fax im Faxgerät und kommst morgen später, Zahnarzttermin oder lass dir was einfallen. Ich werde dich gleich am Morgen entschuldigen. Verschwinde jetzt, damit man dich nicht länger hier sieht."

Nachdem sein Freund gegangen war, las Ronnie das dreiseitige Fax ganz genau durch. Es enthielt Angaben zum Aufenthalt von Johanna E. in Rimini, wo sie im Zweisterne-Hotel Argentina logierte sowie eine detaillierte Auflistung von Kontrollen durch die lokale Gesundheitsbehörde.

Wie vereinbart betrat Stefan Karoly am nächsten Tag erst gegen zehn Uhr das Gebäude des Kreisgerichtes. Er hatte die Schwelle zum Portier noch gar nicht erreicht, gab ihm dieser bereits zu verstehen, dass er erwartet wurde. „Herr Doktor, wenn sie bitte gleich zum Herrn Präsidenten in den zweiten Stock kommen möchten. Er hat bereits nach ihnen gefragt", mahnte der Portier mit ernstem Blick zur sofortigen Befolgung dieser Anweisung.

Vorsichtig klopfte Karoly an die Tür des präsidialen Vorzimmers, das sich die Sekretärin des Kreisgerichtspräsidenten Ernestine Wurbalek und eine Praktikantin teilten. Allerdings in einem räumlichen Verhältnis von 3:1, da die Praktikantin nur einen sehr kleinen und schmalen Ablagetisch besetzte, während ihre Chefin beinahe den gesamten Raum mit ihrem Schreibtisch samt Besprechungsmobiliar und Blumenschmuck einnahm. Ihrem gestrengen Blick zufolge weiß sie es, dachte Karoly, als er von ihr aufgefordert wurde, sich zu gedulden, da der Herr Präsident noch ein wichtiges Telefonat mit dem Justizministerium führen müsse. Das Warten und ein wichtiges Telefonat überraschte nicht weiter, weil es mittlerweile zu einem Ritual geworden war, das Ernestine Wurbalek mindestens so exzessiv pflegte wie die zahlreichen Grünpflanzen in ihrem Büro. Wirklich beunruhigend war für Karoly die Ansage, dass der Präsident bereits mit dem Justizministerium telefonierte.

Sofort begann er wieder zu schwitzen und versuchte seine Nerven irgendwie im Zaum zu halten. Der Blick auf das ausladende Dekolletee der Praktikantin lenkte ihn kurzzeitig etwas ab. Einen klaren Kopf hatte er sowieso nicht, er müsse auf alles gefasst sein, redete er sich immer wieder ein. Die Zeit im Vorzimmer kam ihm wie eine Ewigkeit vor, obwohl er bereits nach fünf Minuten die sonore Stimme des Präsidenten durch die Sprechanlage vernahm. „Ist Herr Dr. Karoly schon da, Ernestine? Wenn, dann bitten sie ihn sofort herein! Und bringen sie mir bitte seinen Personalakt."

Das Büro des Präsidenten nahm eine übergroße Sitzgruppe aus Leder ein, die gleich beim Eingang zum Verweilen einlud. Dr. Pretterebner, ein grauhaariger, etwas untersetzter Pfeifenraucher, bat Karoly, gegenüber an der Stirnseite des präsidialen Schreibtisches, der noch aus den Beständen des K&K Amtsgerichts am Stadtplatz stammte, Platz zu nehmen.

„Herr Dr. Karoly, danke, dass Sie sofort gekommen sind. Sie wissen sicher, warum es so pressiert, oder?"
Mit diesen Worten kam Dr. Pretterebner gleich zur Sache, ohne Karoly nach Kaffee oder Tee, wie im Präsidium sonst üblich, zu fragen.

„Ihr derzeitiger Vorgesetzter - sie sind ja bei Untersuchungsrichter Frank dienstzugeteilt - hat mich vom Rechtshilfeersuchen der italienischen Behörden im Mordfall Johanna Eder unterrichtet. Darin werden Sie als Auskunftsperson angeführt, was noch am wenigsten dramatisch ist. Kennen Sie den Inhalt dieser Faxnachricht, Sie haben ja gestern im Büro des U-Richters Dienst gemacht?"

„Nein, ich bin gestern früher heimgegangen", antwortete Karoly mit zittriger Stimme und gesenktem Blick.

„Herr Doktor, ich habe als Untersuchungsrichter zu Beginn meiner Richterlaufbahn tausende Vernehmungen geführt, ich frage Sie nochmals, haben Sie das Fax gelesen?"
Karoly errötete sichtlich.

„Ja, Herr Präsident. Die Kontrolle des Posteingangs gehört zu meinen Dienstpflichten, gerade beim U-Richter", versuchte Karoly bei der Wahrheit zu bleiben und dabei an Selbstsicherheit zu gewinnen.

„Na also, so ist das auch vorgesehen. Dann kennen Sie auch dessen Inhalt. Aber wieso in Gottes Namen haben Sie nicht gleich den Herrn Untersuchungsrichter oder mich kontaktiert? Hat außer Ihnen noch jemand Kenntnis vom Inhalt?", wollte Präsident Pretterebner jetzt Genaueres wissen.

„Nein, Herr Rat pardon Herr Präsident. Ich legte das Fax gleich wieder zurück. Ich war völlig von den Socken und bin es auch heute noch. Ich versichere Ihnen, dass ich mit dem Mord nichts zu tun habe. Ich war auch noch nie in Rimini."

„Herr Doktor, das wird die Kripo herausfinden, darum geht es mir nicht. Es geht darum, dass Sie und ich wissen, dass unser hochgeschätzter Vizepräsident ebenfalls als Auskunftsperson angeführt wird und ich die Sache daher so diskret wie möglich abhandeln möchte. Daher werden Sie mit heutigem Tag in die Abteilung Familienrecht versetzt, weil die zuständige Richterin ohnehin übernächsten Monat wieder in Mutterschutz geht. Außerdem hat die letzte Familienrechtsreform zu einem sprunghaften Arbeitsanstieg geführt. Das neue Kindschaftsrecht billigt jetzt der außerehelichen Mutter die volle elterliche Gewalt und Obsorge zu. Streitigkeiten sind somit vorprogrammiert, wenn Sie verstehen, was ich meine. Haben Sie etwa auch Obsorgepflichten oder gar Alimentationszahlungen zu leisten?"

Noch ehe dieser antworten konnte, erhob sich der Präsident, um Stefan Karoly sogleich in die neue Aufgabe einzuweisen: „Damit haben Sie einen Bereich, der es Ihnen leicht machen wird, völlige Diskretion im Fall Johanna Eder an den Tag zu legen. Und zwar gegenüber jedermann, auch gegenüber der Polizei. Wenn Sie einvernommen werden, dann betrifft dies nur Ihre Person. Darüber hinaus ist Ihnen nichts bekannt. Haben wir uns da verstanden?"

Das Klopfen seiner Pfeife gegen den Schreibtisch verlieh dieser Anweisung etwas Endgültiges, wie das bei Auktionen oder Urteilsverkündungen in Amerika der Fall war.

„Ja, Herr Rat pardon Herr Präsident. Ich werde mich gleich bei Frau Dr. Glanz-Schaurhofer zum Dienst melden", sprang Karoly im Stil eines Befehlsempfängers auf und entschwand schnellen Schrittes dem Büro und Vorzimmer des Präsidenten.

Vor seiner neuen Zuteilung im Zimmer der Familienrichterin machte er allerdings noch einen kurzen Abstecher zu seinem Rechtpraktikantenkollegen Ronnie Astlehner, mit dem ihn mittlerweile Sympathie und Freundschaft verband. Sie hatten ihre Gerichtspraxis am selben Tag begonnen und ihre Büros gleich nebenan bezogen. Das Kreisgericht war vor zwei Jahren als modernster Neubau der Gerichtsbarkeit und Rechtspflege in Oberösterreich vom Justizminister der Republik feierlich eröffnet worden. Von außen vermittelte das Gebäude einen schlichten, aber würdigen Eindruck, die Innenräume waren hell und funktionell, damit sich die Bediensteten und Besucher ganz auf ihre Aufgaben konzentrieren konnten. Mussten sich am alten Standort mehrere Rechtspraktikanten ein Zimmer teilen, so wurde ihnen das Privileg zuteil, über ein eigenes Büro zu verfügen, zumindest so lange nur wenige Rechtspraktikanten ihren Dienst versahen. Da es die meisten Jus-Absolventen in die Hauptstadt zog oder in eines der Bezirksgerichte in der Nähe ihres Wohnortes, rangierte Vorderstadt in der Beliebtheitsskala am unteren Ende der Anmeldungen und Zuteilungen, die über das Oberlandesgericht liefen. Somit blieben Ronnie Astlehner und Stefan Karoly während der ersten Monate die einzigen Rechtspraktikanten, bis im Mai und Juni Mag. Monika Madersberger und Mag. Markus Wiesner die insgesamt vier Praktikantenzimmer auffüllten. Die beiden Neuzugeteilten mieden zunächst jeden Kontakt mit ihren Kollegen, obwohl sich Ronnie darum bemühte und die Neuen immer wieder mit wichtigen Informationen zu versorgen versuchte. Dieses Entgegenkommen fand aber keine Erwiderung, nicht einmal beim Mittagessen in der Gerichtskantine setzte man sich zusammen. Für Stefan Karoly war der Fall von Anfang an klar, hatten die beiden doch keinerlei Lebens- und Liebeserfahrung, demnach machte er aus seiner Einstellung gegenüber den beiden keinen Hehl.

Seine direkte Art und manch sexistischer Ausspruch ließen ihn zusammen mit seiner Leidenschaft für Zigarren als Fremdkörper in der von Nüchternheit und Förmlichkeit geprägten juristischen Welt erscheinen. Für Stefan Karoly war das kein Problem. Er machte sich ein Spiel daraus, die Frau Magister, so seine Anrede, mittels anzüglicher Bemerkungen gegen sich einzunehmen. Ronnie, der sie als fleißige, intelligente und hübsche Kollegin wahrnahm, versuchte die Situation zu retten. Mangels näherer Kontakte zu den neuen Rechtspraktikanten blieb Ronnie daher der Einzige, mit dem Stefan Karoly Umgang pflegte. Nicht selten nahmen sie nach dem Mittagstisch die Gelegenheit wahr, sich bei einer Partie Schach oder Backgammon ein Gläschen Whisky – Stefan Karoly bevorzugte einen milden Scotch – einzuschenken, um so den meist ereignislosen Nachmittag bei Gericht entspannt anzugehen.

Ronnie Astlehner las gerade jene Zeitung, die sich im pfirsichfarbenen Großformat neu am österreichischen Zeitungsmarkt zu etablieren versuchte, als Karoly ohne anzuklopfen eintrat. Zu Ronnies Verwunderung verzichtete sein sonst so forscher und dominanter Kollege auf einen abfälligen Sager über das neue Blatt, das für seinen Geschmack viel zu links ausgerichtet war. Ronnie erwartete sowieso keinen Guten-Morgen-Gruß oder irgendeine, den neuen Tag betreffende, Mitteilung über das Wetter und andere triviale Dinge. Vielmehr hätte ihn der Bericht über den Termin beim Präsidenten interessiert.

„Woher hast du denn das?“, herrschte Karoly ihn gleich an, als er das ominöse Fax aus Rimini neben der Zeitung am Schreibtisch seines Kollegen erblickte.

„Na, woher schon. Wie du gestern gegangen bist, habe ich es kopiert, bevor ich das Original wieder in das Faxgerät gesteckt hab. Vielleicht können wir was zur Aufklärung beitragen. Hast du dir die Namen schon einmal genau angesehen? Da bist nicht nur du und der ehrenwerte Vizepräsident verewigt."

Auf dem Rechtshilfeersuchen der italienischen Behörden standen fast zwanzig Namen mit eindeutigem Österreichbezug, überwiegend aus Vorderstadt und Umgebung. Ein lokales Rennrad-Team mit sechs Fahrern war ebenso darunter wie der Pfarrer der benachbarten Christkindlgemeinde.

„Unglaublich, was es so gibt, Stefan. Die Radfahrer nutzen Rimini zum Einfahren bei schon milderen Temperaturen, aber was macht der Pfarrer dort?", zeigte sich Ronnie verwundert.

„Das kann ich dir sagen: In Rimini findet alljährlich ein großes Katholikentreffen statt. Das Treffen gibt es aber noch nicht so lange, eine alte Bekannte fährt da immer hin, sie ist ein wenig bigott. Sie arbeitet im Inkassobüro am Stadtplatz und ich bekomme regelmäßig Post von ihr. Ich habe versucht mich bei ihr ein wenig einzuschleimen, leider erfolglos, sie bleibt immer hart und zum Ausgleich geht sie halt beten."

„Das überrascht mich jetzt wirklich. Mit der Kirche hätte ich dich nicht in Verbindung gebracht, aber Gott liebt die Sünder, heißt es nicht so?"

„Wenn, dann trifft das besonders auf Drasko Pivaric zu, der auch auf der Liste steht. Er sitzt erst seit kurzem in der Justizanstalt ein. Im Fax steht nicht, wann genau beziehungsweise wie lange sich die Angeführten in Rimini aufgehalten haben“, mutmaßte Karoly.

Ein Universitätsprofessor, Ordinarius für römisches Recht und ein bekannter Autohändler, der die beiden beliebtesten Marken der Stadt - Fiat und Alfa - führte, fanden sich weiter unten auf der Liste. Ein bekannter Politiker, der vor kurzem in das zweithöchste Gesetzgebungsorgan der Republik entsendet wurde, machte den Fall zusätzlich zu etwas Besonderem.

„Wenn wir damit an die Zeitungen gehen, könnten wir ordentlich viel Kohle machen“, nahm Ronnie diese Idee aus Rücksicht auf seinen Freund gleich wieder zurück.
„Und was hat der Herr Kreisgerichtspräsident gesagt? Der wird damit sicher keine Freude haben, oder? Ich denke, wir sollten sehr bedacht vorgehen. Aber zuerst erzählst du mir mal, wie´s beim Präsidenten gelaufen ist. Oder noch besser, was du alles so weißt, über diesen ehrenwerten Kreis der Riminibesucher. Am besten wir gehen morgen zum Wirt am Spitz, sofern du noch auf freiem Fuß bist. Ich gehe jedenfalls zum Match gegen die Blau-Gelben aus der ehemaligen Reichshaupt- und Residenzstadt, es ist englische Woche, aber das sagt dir als Antikicker nichts, oder? Du kannst gern mitgehen, dann kommst du auf andere Gedanken.“

Stefan, der nichts mehr hasste als Fußball, nahm die Einladung zu Ronnies Verwunderung an.

3 ELFERKRIMI

Gemeinsam gingen sie vom Kreisgericht die Volksstraße entlang zum Stadion des SK Vorderstadt, das nur wenige Gehminuten entfernt lag. Der Name Volksstraße, der mit dem SK Vorderstadt seit seiner Gründung vor 70 Jahren in untrennbarer Verbindung stand, konnte angesichts der Verpflichtung des sowjetischen Superstars nicht treffender sein. Viele Anhänger der Heimmannschaft trugen Fanutensilien ihres neuen Idols. Ob Schal, Mütze, T-Shirt oder Trikot – Hammer und Sichel waren auf einmal groß in Mode. Ronnie und Stefan entschieden sich für Stehplatzkarten an der Südseite des Platzes, der eine ganz spezielle Atmosphäre versprühte. Er befand sich inmitten eines Wohngebiets, welches sich in den letzten Jahren auch zu einem begehrten Standort für Behörden und Veranstaltungsbauten entwickelt hatte.

Seit zwei Jahren verfügte die Heimstätte der Rot-Weißen über eine neue Haupttribüne. Sie bildete einen architektonischen Kontrapunkt zum gegenüberliegenden Kulturhaus und den feudalen Villen im Hintergrund. Ansonsten machte das Stadion der Arbeiter- und Eisenstadt alle Ehre. Die Tribünen reichten bis zum Spielfeldrand hinunter und sorgten für ein intensives Matcherlebnis. Ein derartiges sollte der Cupschlager der beiden Traditionsvereine werden. Der Gegner wurde als erster Fußball- und Cricket-Club der einstigen Monarchie gegründet und gewann als einziger Verein sowohl den österreichischen, den österreichisch-ungarischen als auch den deutschen Cup. Nach turbulenten 90 Minuten und einem fulminanten 2:2, bei dem der argentinische Weltmeister und WM-Torschützenkönig von 1978 beide Treffer der Blau-Gelben beisteuerte und damit sogar Lokalmatador Boris Kolodin die Show stahl, ging es in eine torlose und trotzdem hochspannende Verlängerung.

Somit musste ein Elfmeterschießen über den Aufstieg in das Cup-Halbfinale entscheiden. Beide Trainer nominierten ihre Superstars als erste Schützen, die beide souverän die in sie gesetzten Erwartungen erfüllten. Schließlich stand es bereits 5:5 und somit mussten sich alle Spieler einschließlich der Torleute der nervlichen Belastung stellen. Ein gellendes Pfeifkonzert begleitete den nächsten Spieler der Wiener zum Elfmeterpunkt, da und dort wurden Knallkörper abgeschossen, um den Schützen zu irritieren. Inmitten eines Knalls versenkte dieser den Ball lässig in der Manier eines echten Elferprofis im Netz der Rot-Weißen. Jetzt musste der Libero des SK Vorderstadt - ein an und für sich nervenstarker Typ - nachlegen. Sein, präzise angetragener Elfer landete allerdings an der Außenstange und noch während sich der Spieler vor lauter Frust im Erdboden zu vergraben versuchte, hörte man bereits das Folgetonhorn der Rettung am Stadioneingang.

Im allgemeinen Aufruhr über den vergebenen Elfer musste auf der Ehrentribüne – die auch den Namen Ehrenbeleidigungstribüne trug – etwas passiert sein. Alle Sanitäter liefen vom Spielfeldrand zum unmittelbar vor den Kommentatoren-Plätzen liegenden VIP-Sektor. Bevor sich

Näheres in Erfahrung bringen ließ, verkündete der Stadionsprecher, dass alle Ausgänge gesperrt wurden und die Polizei nun genauere Anweisungen gäbe. Der Stadtpolizeikommandant, der das Match von der Ehrentribüne aus verfolgt hatte, ergriff das Wort:

„Meine Damen und Herren, es ist im Stadion zu einem Unfall gekommen - als erfahrener Polizeimann vermied er das Wort Attentat, um ja keine Panik aufkommen zu lassen - bitte bleiben Sie ruhig auf Ihren Plätzen, Sie werden sektorenweise aus dem Stadion geleitet. Zunächst die Südtribüne hin zum Ausgang Volksstraße. Die Polizei wird Sie hinausführen. Leisten Sie den Anweisungen bitte umgehend Folge. Ich ersuche um Ihr Verständnis, dass wir beim Verlassen Personenkontrollen und Ermittlungen zum Unfall durchführen müssen. Ich danke für Ihre Mithilfe."

Ronnie und Stefan waren unter den Ersten, die von den Stadtpolizisten auf etwaige Schusswaffen hin untersucht wurden. So wie bei allen anderen Fans, die mit ihnen in der Reihe standen und die Prozedur anstandslos über sich ergehen ließen, war die Verwunderung über das soeben Geschehene groß.

„Echt spannend, so werde ich noch zum Fußballfan", fand Stefan nun auch Gefallen am runden Leder.

Das vom Stadtpolizeikommandanten als Unfall bezeichnete Schuss-Attentat füllte am nächsten Morgen die Zeitungen in ganz Österreich. Die beim Match anwesenden Sportjournalisten, die sich in unmittelbarer Nähe zur Ehrentribüne und damit zum Tatort aufhielten, bekamen natürlich mit, dass es sich um keinen natürlichen Tod handeln konnte, zumal viele Gäste ihren Platz fluchtartig verließen, um nicht ins Visier möglicher weiterer Schüsse zu gelangen. Trotz des allgemeinen Tumults konnten die Medienvertreter den bekannten Autohändler und Hauptsponsor des SK Vorderstadt Franz Niederwimmer ausmachen, der rücklings auf seinem Schalensitz hingestreckt lag und im Brustbereich heftig blutete. Die herbeigeeilten Sanitäter und der Vereinsarzt des SK Vorderstadt leisteten sofortige medizinische Hilfe, leider verlief die sofort eingeleitete Reanimation erfolglos. Franz Niederwimmer wurde durch einen gezielten Schuss ins Herz getötet.

Nach ersten Ermittlungen wurde das Projektil von der gegenüberliegenden Seite der Ehrentribüne aus abgefeuert. Woher der Schuss genau kam – ob noch im Stadion, was angesichts des zahlreichen Besuchs und der aufgewühlten Stimmung fast unmöglich war oder von außerhalb, etwa im Bereich des Kulturhauses, welches über einen sehr großen und mit vielen Grünpflanzen wenig einsichtigen Balkon verfügte – darüber gingen die Meinungen der Journalisten ebenso wie jene der Polizei auseinander. Weder die Befragung von Zuschauern noch weitere Nachforschungen bei den Nachbarn in den umliegenden Häusern des Stadions brachten brauchbare Hinweise.

Von den Experten der ballistischen Abteilung des Landeskriminalamtes konnte aufgrund der Schussanalyse der Tatablauf nur annäherungsweise nachgezeichnet werden. Ein 8,6x70 mm Kaliber deutete auf ein

Scharfschützengewehr hin, wie es seit über zwei Jahrzehnten bei den Jagdkommandos des österreichischen Bundesheeres im Einsatz war. Die lange Verwendungsdauer lag einerseits am immer geringer werdenden Verteidigungsbudget der Republik Österreich andererseits an dem Umstand, dass diese Waffe mit einem sehr leistungsfähigen Zielfernrohr bis zu einer Entfernung von 1200m ausgelegt war. Für die Ballistiker kam daher nur ein Schuss von außerhalb des Stadions in Frage. Dass der Schuss von den vollbesetzten Rängen im Stadion abgegeben worden war, konnte man ausschließen. Der Täter wäre ebenso wie die Waffe sofort aufgefallen. Von beidem fehlte aber jede Spur.

Dementsprechend wüst waren die Schlagzeiten in den Medien. Manche Blätter berichteten von einem Auftragsmord am Autohändler, der gute Verbindungen zur Vorderstädter Unterwelt unterhielt. Eine Boulevardzeitung nahm das Match und dessen Ausgang zum Anlass, um den Mörder als Elferkiller hochzustilisieren, der es auf die angesehensten Bürger der Stadt abgesehen hatte und damit weiter Angst und Verunsicherung schürte, was diesem Medium noch Tage nach dem Mord satte Auflagen bescherte.

Schließlich verstieg sich einer der Journalisten sogar zur Annahme eines Attentats aus politischen Motiven, welches nicht dem Autohändler, sondern dem unmittelbar dahinter sitzenden Vorsitzenden des Österreichisch-Sowjetischen Generalrates Juri Torbinsky gegolten hatte. Dieser spielte eine zentrale Rolle im Transfergeschehen rund um Superstar Boris Kolodin, weil er als hochrangiges Mitglied der Kommunistischen Partei der Sowjetunion über beste Verbindungen zum Kreml und zur österreichischen Bundesregierung verfügte, die dieser Tage mit dem Aufarbeiten mehrerer Waffenskandale, darunter die Lieferung von Kanonenhaubitzen in den Irak, im Kreuzfeuer der öffentlichen Kritik stand.

Der Präsident des SK Vorderstadt versicherte auf den Sportseiten der auflagenstärksten Tageszeitung den Anhängern und Gästen seines Vereins, dass in Zukunft alles für ihre Sicherheit getan werde. Zwar könne er kein Panzerglas rund ums Spielfeld aufbauen, aber die Sicherheitsvorkehrungen im und um das Stadion herum würden drastisch verschärft werden, so der SKV-Präsident, der in diesem Zusammenhang immer wieder auf seine berufliche Funktion als oberster Staatsicherheitschef des Landes sowie auf die außergewöhnlich gute Zusammenarbeit mit dem Stadtpolizeikommandanten hinwies. Er versprach, dass die geplanten Verschärfungen so weit gehen würden, dass am Matchtag in und auf öffentlichen Gebäuden im Nahbereich des Stadions Sicherheitskräfte Posten beziehen. In Wohnanlagen mit Balkon oder Terrasse würde ein Ausgangsverbot während der Matchzeit verordnet, sodass alles Menschenmögliche für die Sicherheit getan werde. Entschieden verneinte er damit Anfragen von Sportreportern nach einer möglichen Stadionsperre oder einem Ausweichen auf eine andere Fußball-Heimstätte.

Angesichts des Attentats auf einen der angesehensten Bürger der Stadt stand die gerichts- und mittlerweile polizeibekannte Verbindung von Vorderstadt zum Ort des Verbrechens an Johanna Eder nicht im Fokus der Medien, zumal die Informationen darüber noch weitestgehend amtsintern geblieben waren.

Die Eindrücke des Vortages machten es den beiden Rechtspraktikanten schwer, in den Arbeitstag und die damit verbundenen Aufgaben hineinzufinden. Ronnie war froh, nicht als Protokollführer, sondern nur als Beisitzer in einem Prozess um ausständige Kirchenbeiträge fungieren zu müssen. Für ersteres wäre er viel zu unkonzentriert gewesen, immer wieder musste er an die Ereignisse im Stadion denken. Stefan Karoly ging es ebenso. Zu seinem Glück bemerkte die Familienrichterin, bei der er sich wie vom Präsidenten befohlen zum Dienst einfand, nichts von seinem Gemütszustand. Der auf ihm liegende Verdacht, in einen Mordfall verwickelt zu sein, und das Attentat auf einen ihm gut bekannten Bürger der Stadt hatten ihn um seinen Schlaf gebracht. Seine neue Chefin teilte ihm nur knapp mit, er möge sich mit der letzten Novelle zum Unterhaltsrecht beschäftigen. Ihr Terminplan sei derzeit sehr dicht, sodass sie ihrem neu Zugeteilten erst gegen Ende der Woche mehr Zeit widmen und konkrete Aufträge erteilen könne.

Ronnie und Stefan nutzten den Umstand, keinen konkreten Arbeitsverpflichtungen nachkommen zu müssen. Anders als gewöhnlich standen keine mittäglichen Wirtshausbesuche in bekannten Ausflugsgasthäusern in der näheren Umgebung von Vorderstadt am Programm. Der Appetit war ihnen ebenso vergangen wie die Unbeschwertheit früherer Unternehmungen. Sie saßen in Ronnies Dienstwohnung und reflektierten das Geschehene.

„Eigentlich können wir gar nichts machen, oder?“, sah Ronnie seinen Arbeitskollegen fragend an.

„Es ist nur eine Frage der Zeit, wann die Kripo bei mir auftauchen wird. Hoffentlich nicht zuhause, dann habe ich privat noch ein Problem mehr“, zeigte sich Stefan Karoly zerknirscht.

„Das Ganze kann sehr unangenehm werden, auch für unsere Karriere bei Gericht oder überhaupt für unseren Werdegang als Juristen“, stellte Ronnie eine Befürchtung in den Raum, „ich hoffe nur, die Polizei lässt mich außen vor, ich habe mit der Sache gar nichts zu tun, außer dass ich dich zufällig kenne.“

„Aber Ronnie, mach du dir jetzt auch noch in die Hose. Wenn du ein echter Freund bist, dann lässt du mich nicht im Stich.“

4 TRAUERFLOR

Die Sommerhitze machte den Bediensteten des Kreisgerichts schwer zu schaffen. Weder konnten sie ihre Amtskleidung - Anzug und Talar bei den Richtern und Staatsanwälten - noch die bei Gericht herrschenden strengen Bekleidungsvorschriften für die übrigen Mitarbeiter umgehen, auch andere Möglichkeiten der Abkühlung bleiben ihnen versagt.

Für die Rechtspraktikanten galt dies in besonderem Maße, standen diese doch unter der genauen Beobachtung ihrer jeweiligen Vorgesetzten, die penibel Berichte über die fachliche und persönliche Qualifikation des juristischen Nachwuchses führen mussten.

„Nimmst du dir ein paar Tage Urlaub? Fünfundzwanzig stehen uns zu. Auch wenn wir noch kein Jahr da sind, kann man sich einen Vorgriff nehmen. Ansonsten sind es zwei Tage für jedes absolvierte Monat. Du kannst dir auch unbezahlten Urlaub nehmen oder das Praktikum unterbrechen", griff Karoly die Urlaubsplanung und die damit in Zusammenhang stehenden notwendigen Vertretungsregelungen als Thema ihrer Mittagspause auf. Zuvor hatten sie vereinbart, ihre derzeitige Problem- und Fallkonstellation Nummer Eins, der Weisung des Präsidenten entsprechend, auf keinen Fall in der Öffentlichkeit und schon gar nicht im Beisein von Kollegen anzusprechen.

„Ja, alles recht und schön. Ich habe fünf Jahre studiert, da war genug Urlaub dabei, glaub mir. Und du hast auch die letzten Jahre Kost und Logis frei gehabt. Noch dazu mit Blick auf die Donau und eigenem Gemüsegegarten. So wie du mir von deinem Langzeiturlaub in der Wachau erzählt hast, war es das reinste Vergnügen. Au travail, an die Arbeit, ist unser Slogan für die Zukunft, wenn es denn eine für uns gibt. Die Jobaussichten sind für Juristen - egal ob vorbestraft oder nicht – schlecht, aber aufgeben tut man bekanntlich einen Brief. Vielleicht sollten wir uns zusammentun und eine Anwaltskanzlei mit Schwerpunkt Wirtschaftsdelikte gründen, da kennst du dich ja aus", gab Ronnie seinem Freund scherzhaft zu verstehen.

Karoly reichte es jetzt: „Lieber Jungspund, meine Schäfchen sind im Trockenen. Du kannst gerne nächste Woche wieder mit mir nach Deutschland fahren, damit du`s glaubst", prahlte er nicht zum ersten Mal mit seinem Vorleben.

„Lieber Herr Möchtegern, ich bin mit dir nach Bad Tölz gefahren und du hast dein ganzes Geld im Casino verspielt. Ich fahre im August ein paar Tage nach Rust am See, um auszuspannen – das geht nur ohne dich. Mein Radsportclub ist auf Trainingslager dort. Angeblich gibt es ein Rennen für Amateure rund um den See, auch auf die ungarische Seite", versuchte Ronnie seinen Freund ebenfalls zu beeindrucken.

„Na, dann viel Spaß und pass auf, dass sie dich nicht einkassieren. Ich hol dich nicht raus. Aber ich kann dir einen Tipp geben. Am Balaton gibt es ein tolles Lokal mit netten Mädels – es heißt Szabadon zu Deutsch Freiheit“, zeigte Stefan Karoly, ob seiner ungarisch-rumänischen Wurzeln Orts- und Lokalkenntnis, ohne diese weiter auszuführen, nachdem zwei Schreibkräfte aus der Kanzlei des Bezirksgerichts neben ihnen Platz genommen hatten. Auf dem Weg zurück in ihre Büros fragten sie sich zum wiederholten Mal, ob und wann die Polizei am Kreisgericht Ermittlungen aufnehmen würde.

Es dauerte keine 24 Stunden, da standen zwei Beamte der Landeskriminalpolizei in der Tür zum Büro des Untersuchungsrichters. Ronnie Astlehner musste an den beiden vorbei, um in sein daneben liegendes Praktikantenzimmer zu gelangen.

„Wissen Sie, wo wir die Herren Frank und Karoly sprechen können?“, kamen Chefinspektor Mayrhofer und sein Kollege Gruppeninspektor Wiedonig ohne Umschweife und besondere Vorstellung gleich zur Sache. In Uniform erachteten beide es für nicht notwendig, ihre Legitimation als Exekutivbeamte durch einen Ausweis kundzutun. Ronnie kam dieser Umstand erst später in den Sinn, seine bisherigen Erkenntnisse in Sachen Kripo bezog er aus TV-Serien wie ‚Tatort‘ oder ‚Der Alte‘, bei denen sich die Kommissare stets mit einer Polizeimarke oder einem Ausweis ihren jeweiligen Gesprächspartnern vorstellten.

Ronnie hingegen erachtete es für absolut notwendig - so hielt er es auch grundsätzlich bei seinen Erstkontakten bei Gericht - sich kurz vorzustellen: „Astlehner, Ronald. Ich bin einer der Rechtspraktikanten hier am Gericht. Der Herr Dr. Frank kommt immer später, so wie meistens mein

Kollege Dr. Karoly. Es kann aber nicht mehr lange dauern, ich bin immer der Erste in der Früh, gegen neun Uhr treffen die beiden sicher ein.“

„Wie lange sind Sie schon hier?“, griff Chefinspektor Mayrhofer Ronnie Astlehners Auskunftsfreudigkeit in polizeiüblicher Manier auf, um ins Gespräch zu kommen.

„Etwas mehr als fünf Monate, ich bin letzten Dezember mit dem Studium fertig geworden.“

„Und der Herr Dr. Karoly – wie lange ist der schon hier und wie gut kennen Sie sich?“

„Er hat sein Gerichtspraktikum gleichzeitig mit mir Anfang Jänner begonnen. Er ist ein Kollege – wie andere auch - wieso fragen Sie?“, mit dieser Frage entschied sich Ronnie für einen Gegenangriff in Sachen Kommunikations- und Fragetechnik.

„Wir ermitteln in einem Mordfall an einer Prostituierten aus Vorderstadt, die vor zwei Wochen in Rimini getötet wurde. Sie haben sicher darüber gehört oder gelesen.“

„Ja klar. Aber was hat das mit Herrn Frank und Herrn Karoly zu tun?“, gab sich Ronnie ahnungslos und neugierig zugleich.

„Das werden wir mit den beiden besprechen. Bitte richten Sie ihnen aus, dass wir heute nochmals vorbeischauen werden. So gegen Mittag.“

„Selbstverständlich Herr Inspektor.“

Kaum hatten die beiden das Gerichtsgebäude verlassen, kam Karoly beim Haupteingang herein. Genervt vom morgendlichen Stau oder von der Situation seine Person betreffend – wahrscheinlich Letzteres mutmaßte Ronnie, als Stefan auf ihn zuging.

„Du, die Kripo war da und wollte dich und deinen Vorgesetzten in der Sache Rimini sprechen. Ein Herr Chefinspektor Mayrhofer und sein Kollege Wiedonig. Sie kommen vor Mittag nochmals vorbei, soll ich ausrichten."
Stefan Karolys Miene verzog sich nochmals, Polizeibesuch hatte er auch vor sechs Jahren bekommen, als man ihm schweren gewerbsmäßiger Betrug vorwarf und er in U-Haft genommen wurde.

„Haben sie sonst noch was gesagt? Wieso haben sie mit dir gesprochen?", kam es in leicht aggressivem Ton aus ihm hervor.

„Mein Büro ist gleich neben deinem. Sie sind mir hineingelaufen, da kann ich nichts dafür. Sie wollten wissen, wie gut ich dich kenne und wie lange du schon da bist?"

„Und was hast du gesagt?"

„Dass du der größte Hurensohn auf Gottes Erdboden bist und dass du über den Mordfall natürlich bestens Bescheid weißt – nein, Schmäh ohne, ich habe lediglich gesagt, dass du mit mir zusammen die Gerichtspraxis begonnen hast und wir Kollegen sind. Sonst gar nichts, falls dich das beruhigt."

„Zum Scherzen bin ich wirklich nicht aufgelegt. Du verkennst den Ernst der Lage für mich, ich habe zwei Nächte nicht schlafen können. Ich bin immerhin vorbestraft. Was soll ich denen sagen, wenn sie wieder kommen?"

„Ganz einfach, was du mir gesagt hast. Dass du nichts mit der Sache zu tun hast, dass du noch nie in Rimini warst und das Mordopfer nicht gekannt hast. Aber es bleibt ja noch ein wenig Zeit, da kannst du dir etwas zurechtlegen, aber lass mich bitte aus dem Spiel."

Als der U-Richter kurze Zeit nach Karoly eintraf, verständigte Ronnie auch ihn mit der knappen Nachricht, dass die Kriminalpolizei kurz vor Mittag wiederkommen würde. Zu seiner großen Überraschung stellte Dr. Frank keine Fragen, sondern zeigte nur seinen Unmut, dass möglicherweise die Mittagszeit verkürzt würde. Das frühere Eintreffen der beiden Inspektoren um elf Uhr räumte diese Befürchtung aus, vorsorglich hatte Dr. Frank das Rechtshilfeersuchen aus Rimini kopieren lassen, um es den beiden gleich übergeben zu können.

„Danke, dass Sie die Information für uns vorbereitet haben. Unsere Mordkommission hat ebenfalls ein derartiges Ersuchen übermittelt bekommen. Offensichtlich war sich die Behörde in Italien nicht einig, ob Sie uns als Exekutive oder Sie als Judikative damit befassen wollen. Dazu eine Frage: Wer von ihnen hat noch Kenntnis von dem Schreiben?"

Dr. Frank schilderte in seinen oft ausschweifenden Worten die Geschehnisse jenes Nachmittages, an dem die Faxnachricht aus Rimini am Kreisgericht eintraf. Er sei mitten im Hausbau, die Professionisten würden die vereinbarte Leistung, konkret den Einbau der Fenster und Türen nur sehr schlampig vornehmen, was einen ungeplanten Ortsaugenschein auf seiner Baustelle notwendig gemacht hatte. Daher hätte der dienstzugeteilte Rechtspraktikant Dr. Karoly die Stellung in seinem Büro gehalten, als das Fax eintraf. Dieser erlangte als Erster davon Kenntnis. Den Kreisgerichtspräsidenten hätte Dr. Frank gleich am nächsten Morgen verständigt. Warum Dr. Karoly es unterlassen habe, ihn als seinen Chef sofort zu informieren, könne er nicht sagen. Ihm gegenüber hätte er versichert, in einer ersten Reaktion das Fax zurückgesteckt zu haben, weil er das Gelesene nicht glauben wollte. Außerdem war ihm der Ort meiner Baustelle nicht bekannt. Er hätte ihn aber in meiner Wohnung am Abend erreichen können - er stehe im Telefonbuch und habe Karoly seine Privatnummer gegeben, glaube er jedenfalls.

Trotzdem sei es nicht entschuldbar, dass Stefan Karoly nicht umgehend den Präsidenten oder einen anderen diensthabenden Richter informierte. Dieses Fehlverhalten sei dienstrechtlich zu beurteilen, zeigte Dr. Frank den beiden Kommissaren die Grenzen ihres Kompetenzbereiches auf.

Schließlich wurde Dr. Frank gebeten, alle Unterlagen, die zu Johanna Eder und ihrem Umfeld, vor allem zur Rotlichtszene gerichtsbekannt waren, ausfindig zu machen.

Stefan Karoly hatte den Besuch der Kripo im Büro des Untersuchungsrichters mitbekommen und wartete auf einen Anruf. Vorsorglich hatte er seine Sexmagazine und die Flasche Whisky samt seinen geliebten Krummer-Hund-Zigarren im Schrank versteckt, als es an seiner Tür klopfte. Sein Puls glich dem eines Abfahrtsläufers in der Mausefalle

des Kitzbühler Hahnenkammrennens. Er konnte gerade noch ein leises Ja hüsteln – da schaute sein Zimmernachbar fragend bei der Tür herein. Noch bevor Stefan Karoly ein einziges Wort sagen konnte, erschienen die beiden Inspektoren hinter seinem Gerichtskollegen. „Dürfen wir reinkommen? Wir bräuchten Herrn Doktor Karoly kurz für uns, dann können sie beide auf Mittag gehen."
So viel Verständnis hatte Ronnie keineswegs erwartet. Die Mittagspause konnte immerhin bis zu zwei Stunden in Anspruch nehmen.

Wenig Verständnis brachten die Kriminalpolizisten einem vorbestraften Möchtegern-Juristen entgegen, dem die Verhörmethoden zwar nicht grundsätzlich neu waren, dem allerdings der zugrundeliegende Anlass schwer zu schaffen machte: „Herr Karoly, Sie wissen sicher, warum es geht, oder?". Der Angesprochene nickte nur, die Anspannung war so groß, dass er glaubte kein Wort herauszubekommen.

„Sie wurden als möglicher Täter in der Mordsache Johanna Eder von den italienischen Behörden identifiziert. Wie erklären Sie sich das?"

„Dazu habe ich keine Erklärung, außer dass es sich um eine Verwechslung oder einen üblen Scherz handeln muss. Ich war nämlich noch nie in Rimini und das schwöre ich", versuchte Karoly diesen Verdacht entschieden von sich zu weisen.

„Schwören werden Sie vor dem Richter und den Geschworenen bei Ihrer Verhandlung. Uns geht es um den Kreis der Verdächtigen. Da stehen Sie ganz oben. Sie haben

Verbindungen zur Rotlichtszene, sind als gewaltbereit bekannt und vorbestraft, unter anderem wegen Körperverletzung“, verschärfte sich die Tonart des Chefinspektors.

„Das stimmt so nicht“, gab Karoly entrüstet zurück, „erstens war es leichte Körperverletzung und es war eine b‘soffene G’schicht‘ wie man so schön sagt. Sie wissen, dass ich in meiner Jugend Boxer war, ein ganz guter sogar. Deshalb wurde ich oft provoziert. Und das mit der Rotlichtszene möchte ich auch nicht so stehen lassen. Boxkämpfe ziehen die Mädels und ihre Beschützer halt magisch an, da können die Boxer nichts dafür.“

„Sie verwechseln Opfer und Täter“, verschärften die Ermittler den Ton. „Wir wissen vom Obduktionsbericht, dass Frau Eder Würgemerkmale am Hals und mehrere Verletzungen am Körper, vor allem am Kopf aufwies, die von Schlägen herrührten. Und wir wissen noch viel mehr, Herr Karoly. Es gibt den Meldezettel eines Hotels in Rimini. Darauf stehen sowohl Ihr Name als auch Ihre Unterschrift im Zeitraum der Ermordung von Johanna Eder. Geben Sie zu, dass Sie sie gekannt haben?“

„Ja, das gebe ich natürlich zu. Ich habe sie gekannt, aber nur flüchtig, weil sie eine Zeitlang in der Sansibar gearbeitet hat. Man konnte sie nicht übersehen mit ihrer Oberweite, aber ich mache mir nichts aus großen Busen. Wir sind weder miteinander ins Geschäft gekommen noch gab es irgendeine Unterhaltung, das können sie mir glauben.“

„Was wir glauben oder nicht, überlassen Sie bitte uns. Wo waren Sie im fraglichen Tatzeitraum zwischen 19. und 21. Mai?", stellte Gruppeninspektor Wiedonig die erwartete Frage.

„Ich war hier in Vorderstadt und habe das Wochenende mit Freunden verbracht. Ich gebe Ihnen gerne die Namen, falls nötig. Außerdem sitze ich immer am Sonntagvormittag beim Frühschoppen mit Stammgästen in der Tankstelle am Tarbuk, auch das können Sie nachprüfen."

„Sagt Ihnen die Montagsrunde etwas?", wollte nun Chefinspektor Mayrhofer wissen. Diese Frage saß wie ein rechter Kinnhaken beim Boxen. Natürlich wusste Karoly, was in dieser elitären Männerrunde, die offiziell als reiner Herrenabend mit Whisky und Zigarren im Hause des Autohändlers immer am letzten Montag eines Monats - Dezember und Juli ausgenommen - ablief, wirklich vor sich ging. Aber das zuzugeben, würde ihn noch mehr belasten.

„Nein, außer Sie meinen den montäglichen Jour-Fix beim Untersuchungsrichter, wo wir die anstehende Woche durchgehen."

„Herr Karoly, spielen Sie nicht mit uns, die Wahrheit kommt schneller ans Licht als Sie glauben. Sie halten sich zu unserer Verfügung und bleiben im Lande. Sie werden wohl keinen Urlaub in Rimini gebucht haben, oder?", beendete Chefinspektor Mayrhofer süffisant das Gespräch.

Konsterniert sah Stefan Karoly den beiden Inspektoren nach, als diese das Gerichtsgebäude durch den

Haupteingang verließen. Das „Hey, wie wars?“ seines Kollegen registrierte er in seiner hochaufgewühlten Gemütslage zunächst gar nicht.

„Komm gehen wir in mein Büro, ich gebe dir was zur Beruhigung“, versuchte Ronnie auf seinen verdatterten Kollegen einzuwirken, „ein Wodka hilft nicht nur bei Zahnschmerzen – auf ex!“, schenkte Ronnie zwei Stamperl Wodka der Marke ‚Schwarze Belvedere‘ ein.

Stefan erzählte daraufhin von den Verdachtsmomenten, die die beiden Polizisten geäußert hatten und seine Reaktion darauf.

„Kennst du eigentlich die beiden? Du kennst schließlich viele Leute in Vorderstadt“, wollte Ronnie wissen.

„Nur den Chefinspektor, den habe ich schon mal im Cafe am Stadtplatz gesehen. Er hat eine unglaublich dicke Frau. Das fällt auf, weil er schmächtig und klein ist. Aber die dicken Frauen stehen offenbar auf kleine Männer oder umgekehrt. Mich wird er nicht kennen, glaube ich jedenfalls. Den Wiedonig habe ich noch nie gesehen, ich werde mich aber in meinen Boxclub schlau machen. Die kennen eh alle Kieberer.“

Zwei Begräbnisse innerhalb einer Woche riefen ein enormes Interesse in der Öffentlichkeit und bei den Medien hervor. Stadtpolizei und Sicherheitswache hatten alle Hände voll zu tun, um sensationsgeile Fotografen und neugierige Gaffer vom Geschehen fernzuhalten. Die Verabschiedung von Johanna Eder fand am Montag im kleinen Friedhof der Pfarre Christkönigholz statt. Die italienischen Behörden hatten viel Zeit benötigt, um den Leichnam zur Beerdigung in ihrer Heimatstadt freizugeben, die Überführung nach Österreich und die damit verbundenen Kosten taten ihr übriges. In nächster Nähe zum Grab standen Personen aus dem engsten Angehörigenkreis: Johannas Mutter mit einem kleinen Kind, offensichtlich jenes der Verstorbenen sowie einige junge Frauen, möglicherweise Schulkolleginnen oder frühere Nachbarskinder. Weiter hinten befand sich Drasko Pivaric in Begleitung eines Justizwachebeamten und einiger Damen aus dem Milieu, die auch an so einem Tag stark geschminkt und perfekt frisiert, manche mit zu kurzem Rock, erschienen. Alle hatten eine weiße Rose in der Hand. Der Pfarrer schilderte das irdische Leben der Verstorbenen als ein Suchen nach Liebe und Geborgenheit. Als Kind Gottes sei sie vom Weg abgekommen, die Versuchungen des Teufels hätten sie in die Unterwelt geführt, aus der sie nicht mehr entkommen konnte. Sie sei eine herzensgute Person gewesen, das Mitgefühl gelte ihrem Kind und ihrer Mutter, auf dass diese die Kraft aufbringen, das Leben, ohne ihre geliebte Johanna zu meistern.

Stefan Karoly und Ronnie Astlehner standen ganz am Ende der Trauergemeinde. Stefan hatte darauf bestanden, nicht weil er als Tatverdächtiger unmittelbar in die Sache hineingezogen wurde, sondern weil er der Meinung war, möglicherweise den Täter ausfindig machen zu können. Er wurde aber enttäuscht, da sich außer dem früheren Zuhälter Drasko Pivaric und seinem Bruder Mario keine weiteren männlichen Wesen blicken ließen. „Nicht einmal der Vater ihrer Tochter ist gekommen," stellte Ronnie beiläufig fest.

„Wer weiß, vielleicht kannte die Mutter ihn auch gar nicht, so oft wie die geschnackselt hat. Oder vielleicht ist einer der Pivaric Brüder der Vater, das wäre naheliegend, die konnten die Alimente dann gleich vom Schandlohn abziehen", gab sich Stefan Karoly auf seine bekannte, pietätlose Art.

Drei Tage später läutete um ein Uhr Mittag die Totenglocke am Stadtfriedhof, der einen Besucherandrang wie selten zuvor erlebte.

Der Mord an Franz Niederwimmer hatte für derart viel Aufsehen gesorgt, dass sich die Friedhofsverwaltung gezwungen sah, Personenkontrollen an den Eingangspforten durchzuführen, um vor allem jenen Einlass zu gewähren, die den Verstorbenen persönlich kannten oder in offizieller Funktion als Repräsentanten der Stadtgemeinde anwesend waren. Franz Niederwimmer war zwei Perioden lang Gemeinderat in Vorderstadt gewesen, außerdem war er Mitglied der hiesigen Handelskammer im Bezirksstellenausschuss, sowie zahlreicher weiterer Vereine und Verbände. Diese sollten ihm die letzte Ehre erweisen. Der SK Vorderstadt würdigte einen seiner treuesten Sponsoren, indem die Jugendmannschaft mit Trauerflor vor der Kirche und der Verabschiedungshalle Aufstellung nahm. Für das ebenfalls anwesende Staatsfernsehen ergab das ein schönes Bild, welches das Kamerateam erst nach Rücksprache mit der engsten Trauerfamilie und der

Auflage, keine Aufnahmen der Angehörigen zuzulassen, einfangen konnte. Der einsetzende Sommerregen passte ins Trauerbild. Seine Hochwürden der Stadtpfarrer von Vorderstadt wiederholte kurz das zuvor im Gottesdienst Gesagte, um dann den Segen für den Verstorbenen zu erbeten und den Teilnehmern an der Verabschiedung im Namen der Familie und aller Verwandten für die Anteilnahme und Kranzspenden zu danken. Schließlich stellte sich ein fast endlos scheinender Trauerkondukt an. Ronnie und Stefan verließen jedoch schon früher die letzte Ruhestätte, um das Geschehene zu reflektieren.

„Stefan ist dir was aufgefallen? Der Drasko Pivaric war mit seinem Bruder schon wieder beim Begräbnis, was hatten die mit dem Franz Niederwimmer zu tun?"

„Vielleicht kommt der Drasko Pivaric ja zu wenig an die frische Luft?", gab sich Stefan Karoly leicht amüsiert. „Ich kann es dir erklären, du musst aber versprechen, das Ganze für dich zu behalten. Wenn die Kripo nämlich draufkommt, dass es Verbindungen gibt, auch zu mir, dann bin ich dran."

5 VOLLTREFFER

„Das Ganze wird dich vielleicht schockieren, aber so ist nun mal die Welt oder besser die Unterwelt. Es gibt in unserer Stadt eine kleine feine Herrenrunde, die sich aus gewissen Persönlichkeiten, auch des öffentlichen Lebens, zusammensetzt. Das sind Leute, die nicht einfach an einer Tankstelle sitzen oder in ein Puff gehen können, das würde sie in Verruf bringen oder erpressbar machen. Sie möchten aber genauso ihre Neigungen ausleben und da hat der Franz Niederwimmer einfach den Schauraum in seinem Betrieb, in dem er immer ein Automodell des Monats auf der Bühne präsentiert hat, einmal im Monat in einen Showroom der anderen Art verwandelt. Vordergründig standen Verkostungen von Wein, Whisky oder eine Präsentation von namhaften Zigarrenmarken am Programm. Wenn es dann ordentlich genebelt hat und die Gäste – es waren ungefähr dreißig ehrenwerte Bürger dieser Stadt – schon in Stimmung waren, ist es dann zur eigentlichen Sache gekommen. Gastgeber Franz Niederwimmer kündigte als Höhepunkt des Abends eine besondere Überraschung an. Für mich wars keine, denn die meisten Mädchen kamen aus den Clubs der Stadt und für sie gehörte es zu ihrem Geschäft, dass gut und gerne ein paar Tausender mehr einbrachte. Für ihre Lieferanten, meist war es der Drasko Pivaric, gab es eine saftige Vermittlungsprovision, die auch eine Schweigegeldkomponente enthielt."

„Stefan, und du warst da auch dabei?", kam Ronnie aus dem Stauen nicht heraus. „Du gehörst ja nicht wirklich zur Oberschicht in dieser Stadt. Und die Johanna Eder ist da sicher auch mal präsentiert worden, oder?"

„Ja, Ronnie. Ich war zweimal dabei, weil mich unser Vizepräsident am Kreisgericht in diese Runde eingeführt hat. Nicht freiwillig, aber ich wollte wissen, was da abgeht. Ein Mädel hat mir davon in der Sansibar erzählt, da bin ich neugierig geworden. Als ehemaliger Boxchampion und rechtskräftig verurteilter Banker war ich da in guter Gesellschaft. Und was die Johanna Eder angeht, das war echt steil. Sie ist oder besser sie war ja ein echter Volltreffer mit ihrer extrem schlanken Figur und der großen Oberweite, die sie nach der Geburt ihres Kindes behalten hat, wie sie mir beiläufig erzählt hat, weil sie aufs Abstillen vergessen hat. Sie war der Star bei diesen Festen und der Liebling der Männerrunde. Zu später Stunde kam es zu einer Art Versteigerung an den Meistbietenden. Als ich dabei war, duellierten sich der Herr Vizepräsident und der Autohändler mit einem fünfstelligen Betrag, um ihre perversen Fantasien ausleben zu können. Da ging es um echt viel Geld, das der Drasko Pivaric und die Johanna da einstreiften. Ein gewisser Prozentsatz, ich glaub zehn Prozent, sind in die Vereinskasse des Herrenclubs zur Bestreitung der Unkosten für Getränke und Sonstiges geflossen. Wenn ich dir sage, wer der Vereinskassier war, dann hauts dich um."

„Und wer hat sie bekommen?", fragte Ronnie mit großen Augen.

„Der Franz Niederwimmer hat immer das Doppelte geboten wie der Herr Vizepräsident, der am Schluss ganz fertig war und die Party gleich verlassen hat. Geld hat für Niederwimmer keine Rolle gespielt, er hat am Autoimport und Autoverkauf sehr gut verdient. Daher war er auch gegen die EG-Mitgliedschaft Österreichs und hat das im Gemeinderat und bei den Herrenrunden immer vehement vertreten. Er hat zwar immer mit der Neutralität argumentiert, aber in Wirklichkeit ging es um sein Geschäft, weil im großen gemeinsamen Markt sein Gebietsschutz wegfallen würde und sich jeder Private günstig seinen Fiat oder Alfa aus Italien oder einem anderen EG-Land besorgen kann."

„Richtig Stefan und damit werden die Autos hoffentlich billiger, du brauchst ja nur nach Deutschland zu schauen. Aber sag mir, wer war der Kassier?", hakte Ronnie nach, ohne darauf eine Antwort zu bekommen.

6 HOTEL ARGENTINA

Ein Feiertag ermöglichte den beiden Kollegen ein langes Wochenende, das sie nicht wie sonst in ihrem jeweiligen Freundes- und Bekanntenkreis verbringen wollten. Stefan Karoly wollte die Ermittlungen in eigener Sache selbst in die Hand nehmen.

„Von der Polizei wird niemand nachforschen, ob ich in Rimini war oder nicht. Ich muss herausfinden, wer mich da hineinreiten will und als Mordverdächtigen der Kripo ausgeliefert hat. Am besten wir fahren noch heute Abend nach Rimini und am besten mit deinem Auto, alles andere wäre verdächtig“, redete Karoly auf seinen Freund Ronnie ein. Dessen Einwand, dass Karoly sich laut polizeilicher Anordnung in Vorderstadt zur Verfügung zu halten habe und schon gar nicht ins Ausland reisen dürfe, tat Karoly mit dem Hinweis ab, dass er schon so tief in der Scheiße sitze und es auf diesen Umstand jetzt auch nicht mehr ankomme.

„Die Frage ist nur, wo wir uns ein Zimmer nehmen sollen?“, schaute er seinen Kollegen fragend an.

Nachdem im Amtshilfeersuchen der Behörden von Rimini das Hotel Argentina als Aufenthaltsort von Stefan Karoly angeführt wurde, beschlossen sie, sich genau dort einzuquartieren. Die Telefonnummer des Hotels fand sich im Rechtshilfeersuchen der italienischen Behörden und enthielt die genauen Adress- und Kontaktdaten.

„Wahrscheinlich, um eine Verfolgung der Spuren aus Vorderstadt nach Rimini auch durch Fernschreiben oder Telefonate zu ermöglichen“, mutmaßten Ronnie und Stefan. Den Anruf tätigten sie von der nahegelegenen Post. Die Nutzung ihres Diensttelefons, das auch Auslandsanrufe zuließ, würde sie zusätzlichem Verdacht aussetzen. Zu ihrer Überraschung kamen sie sofort durch. Ronnie versuchte es zunächst mit ein paar italienischen Phrasen, die er sich eigens notiert hatte, um rasch zu merken, dass die Gesprächspartnerin am Ende der Leitung des Deutschen mächtiger war als er des Italienischen. Umso erfreuter waren die beiden, als ihnen mitgeteilt wurde, dass noch ein Doppelzimmer zu einem vernünftigen Preis verfügbar war.

Bei der Ausreise aus Österreich kam ein wenig Nervosität auf, ebenso kurz darauf, als sie dem italienischen Grenzposten ihre Pässe aushändigten. Keines der möglichen Schreckensszenarien trat ein, entsprechend erleichtert gaben sie auf der Autostrada Gas. Die Fahrzeit verkürzten sie sich mit Erlebnissen aus ihrer Studienzeit. Sie hatten zur selben Zeit an derselben Uni studiert, ohne sich je zu begegnen. Ronnie schilderte seine Eindrücke von den großen Prüfungen, für die er Tag und Nacht gebüffelt hatte. Mit Verwunderung nahm er zur Kenntnis, dass Stefan Karoly diese mit Leichtigkeit geschafft hatte.

„Ronnie, ich habe ein Jahr vor dir begonnen und nach der alten Studienordnung inskribiert. Die neue war schon in Geltung, aber ich hatte schon früher zwei Semester Jus inskribiert und konnte daher nach dem alten Curriculum weiterstudieren. Ein großer Vorteil, zumal man uns rasch loswerden wollte. Außerdem war ich etwas Besonderes. Ich bin mit dem Wagen der Justizwache, einem VW-Bus zur Uni gefahren worden. Ein Sicherheitsbeamter stand bei allen Prüfungen immer hinter mir. Manche Professoren, vor allem Frauen, hat das sicher beeindruckt. Und gelernt habe ich auch viel, hab ja Zeit gehabt. Weißt du, Ronnie, im Häf'n ist um sechs Uhr Tagwache, dann ist Körperpflege angesagt und um halb sieben ist Frühstück. Wenn du dann nicht zum Arbeitsdienst eingeteilt bist - ich war in der Wäscherei, die hat aber zu wenige Aufträge gehabt, sodass ich jeden zweiten Tag und das Wochenende für mich hatte – dann wird der Tag sehr lang. Um 15 Uhr sind wir zum Hofspaziergang für eine Stunde angetreten, das wars dann auch schon bis zum Abendessen. Das Studium und die Prüfungsvorbereitung habe ich geliebt, die Bücher borgte ich mir vom Gefängnisdirektor, der in Wien studiert hatte und mich unterstützte. Sogar bei meiner Doktorarbeit, weil mich nach den Rigorosen nochmal der Ehrgeiz packte. Ich war nicht der Einzige, der von der Justizreform in den 1980ern profitiert hat. In meinem Trakt für den normalen Strafvollzug - so hieß das, wenn du auch arbeiten durftest – saß der bekannte Häf'n-Poet, der von der Wiener Society hofiert wurde, ein. Er hat zwar lebenslang ausgefasst wegen Mordes, war aber nicht bei den schweren Fällen im Westtrakt untergebracht. Du wirst ihn vielleicht kennen, sogar ein Literaturpreis wurde ihm verliehen und für den Staatsfunk durfte er mehrere Folgen für die ORF-Sendung ‚Das Traummännlein kommt', schreiben. Die Sendung begann kurz vor sieben Uhr um die Kinder nach fünf Minuten ins Bett zu schicken. In der Druckerei produzierte er eine eigene Häf'n Zeitung. Die Weiber waren verrückt nach ihm, so viel Besuch wie der bekommen hat."

Ronnie, den weder die besagte Person noch die Verhältnisse im Gefängnis besonders interessierten, schüttelte ungläubig den Kopf.

„Hört sich natürlich alles schöner an als es ist, es war ein Horror für mich, glaub mir. Meine Doktorarbeit habe ich zu einem rechtsgeschichtlichen Thema verfasst. Du wirst es dir nicht denken können, ich schrieb und forschte über die Stellung der Frau im Rechts- und Demokratiesystem der Zwischenkriegszeit."

„Ja Stefan, darauf wäre ich jetzt nicht gekommen, ich hätte eher auf etwas Strafrechtliches getippt, über Frauenhandel oder so."

„Lästere ruhig, der Neid eines kleinen Magisters kann einem Doctor iuris nichts anhaben", konterte Stefan in gewohnter Manier.

„Ich bin dir gar nichts neidig, aber wie man sieht, hängt vieles vom Zufall ab. Du kennst den Spruch Magister alius casus."

„Ein anderer Lehrer ist der Zufall oder so? Stimmts oder habe ich recht, Ronnie? Und weil wir schon beim Zufall sind, da vorne ist zufällig eine Tankstelle, hoffentlich mit einer Espressobar. Ich denke, wir stärken uns mal", forderte Stefan eine Pause ein. Auf der Weiterfahrt in Richtung Süden nutzte Ronnie Stefans Reminiszenzen zur Studienzeit für jene Frage, die er sich bisher nicht zu stellen getraut hatte. „Sag, warum hast du dich damals in diese

Sache hineinziehen lassen?“, formulierte er seine Neugier mit Bedacht.

Stefan wich aus, verwies auf eine jugendliche Dummheit und seinen Geltungsdrang in der Wiener Szene, die ihn als Provinzler nicht wirklich ernst nahmen.

„Erst als ich mich mit teuren Luxusartikeln und schönen Frauen umgab, verbesserten sich mein Status und Ansehen, doch da war es bereits zu spät, um aufzuhören. Nach gut einem Jahr flog der ganze Schwindel auf, ich wurde in Handschellen direkt von meinem Arbeitsplatz am Schalter in der Bank in die Josefstadt abgeführt – nicht ins Theater, Ronnie, sondern ins Einser Landl, wie das Häf'n in Wien genannt wird. Das war nicht weit von meinem Arbeitgeber entfernt, einer Wiener Bank, gleich im 8. Bezirk, wenn du dich ein bisschen auskennst. Bevor ich in das Gefangenenhaus kam, durfte ich mir noch ein paar Sachen aus meiner kleinen Garconniere in der Mariahilferstraße abholen. Ich träume heute noch davon und von meiner Zeit in der U-Haft. Die war schlimmer als die Haftstrafe, weil man nur einsitzt und wartet. Arbeiten darf man als U-Häftling nicht.“

„Wie lange warst du in U-Haft?“

„Fast zwei Monate, wegen Fluchtgefahr haben U-Richter und Staatsanwalt bei der Haftprüfungsverhandlung gemeint - aber Ronnie ich möchte nicht weiter darüber sprechen. Die Vergangenheit hat mich eh schon wieder eingeholt, aber diesmal werden sie mir nichts anhängen können“.

Er drehte das Radio lauter, um so die Konversation über seine Vergangenheit zu beenden. Nach einem weiteren kurzen Zwischenstopp entlang der Autobahn erreichten sie schließlich ihr Ziel.

Das Hotel lag etwas abgelegen an der Strada Marina, die den Badeort in zwei Hälften teilte. Eine von Hotels und Albergos zugebaute Strandseite und gegenüber eine, meist gewerblich genutzte, Einkaufsmeile, an deren Ende ein schmuckloser Bau aus den frühen 1970er Jahren an den Beginn des Badetourismus erinnerte. Sie fuhren direkt zum Haupteingang des Hotels, das eine zeitlich beschränkte Parkmöglichkeit für dessen Gäste offerierte. Mit einer Sporttasche und einem kleinen Koffer betraten sie die Rezeption, an der eine junge Dame saß. Offensichtlich hatte sie das Kennzeichen erkannt, da sie nach dem üblichen Buongiorno sofort ein durchaus passables Deutsch an den Tag legte.

„Wie lange möchten Sie bleiben? Wenn Sie bitte hier Ihre persönlichen Angaben machen“, legte sie den beiden das Anmeldeformular hin. Stefan Karoly bedankte sich für den freundlichen Empfang und das perfekte Deutsch, um so die junge Dame gleich positiv für sich einzunehmen. Als diese sichtlich erfreut über ihre sechsmonatige Ausbildung in einem Salzburger Nobelhotel berichtete und Österreich in den höchsten Tönen lobte, nutzte Stefan Karoly ihre Hochstimmung, um sie darauf hinzuweisen, dass er vor rund fünf Wochen bereits einmal Gast gewesen sei und sie noch in bester Erinnerung habe.

„Sie werden mich noch kennen, oder?“, versuchte er die junge Frau weiter abzutesten. Als diese aus Höflichkeit nicht sofort verneinte, hakte Stefan nach: „Sie können gerne nachschauen bei Ihren Anmeldungen oder noch besser, ich würde Sie sogar darum bitten, weil ich damals auf dem Zettel eine Telefonnummer vermerkt habe, die ich noch brauchen würde. Ich war in Begleitung hier und habe die Nummer mangels Alternativen schnell auf dem Formular vermerkt. Ich darf Ihnen für ihre Mühe auch einen Gruß aus Salzburg geben. Sie kennen doch unsere berühmten Mozartkugeln, oder? Diese kleine Packung ist für Sie.“

Rasch holte er ein schön blau weiß verpacktes Dreiersortiment der besten Konditorei in der Salzburger Innenstadt aus seinem Koffer und legte es auf den Empfangstisch. Währenddessen hatte sich die Rezeptionistin bereits an einem Ordner mit der Aufschrift Maggio 1989 zu schaffen gemacht und zog das von Karoly vermutete Formular heraus. Es war auf den ersten Blick erkennbar, dass es weder seine Handschrift noch Unterschrift war. Lediglich Name und Geburtsdatum sowie die Nationalität stimmten mit seiner Person überein. Als Luisa - so der Vorname der Rezeptionistin - dieses Formular auch noch für ihn kopierte, ohne weiter nachzufragen oder gar eine Nummer darauf zu suchen, nutzte Karoly diesen Moment, um die Meldezettel weiter durchzublättern. Tatsächlich hatte auch Dr. Straka an jenem Tag eingecheckt. Ein weiteres Mal wollte Karoly Luisas Entgegenkommen nicht strapazieren, es reichte, was sie gesehen hatten. Mit einem Hochgefühl gingen beide auf ihr

Zimmer. Blieb noch die Frage, wer an besagten Tagen unter dem Namen Stefan Karoly tatsächlich eingecheckt hatte.

Am nächsten Morgen saßen die beiden bereits seit einer Stunde beim Frühstück, das mit Schinken, Käse und Panini nicht gerade als üppig zu bezeichnen war. Der Kaffee war eine eher dünne Brühe, lediglich dem Tee konnte Ronnie etwas abgewinnen. Sie gingen ihren Ermittlungserfolg des Vortages nochmals durch, nicht ohne mit gegenseitigen Komplimenten zu sparen.

„Wir sind ein gutes Team Ronnie, jetzt brauchen wir nur noch denjenigen ausfindig zu machen, der meinen Namen benutzt hat. Er muss irgendwie hergekommen sein, wahrscheinlich so wie wir mit dem Auto. Ohne Auto kommst du gar nicht in dieses Hotel, zumindest würde man es dann nicht buchen. Es sind gut und gerne drei Kilometer bis ins Zentrum und fast zehn bis ans andere Ende der Stadt, wo der Mord passierte“, zog der Commissario in eigener Sache erste Schlüsse ihrer Erkundigungen vom Vortag.

„Stefan, du hast echt detektivische Fähigkeiten. Wenn er mit dem Auto gekommen ist, dann hat er es in der Parkgarage oder am Parkplatz des Hotels abgestellt. Am besten wir fragen deine Luisa, falls die heute Dienst hat.“ Während sie noch berieten, wie sie die Autonummer ausfindig machen konnten, füllte sich der nüchtern eingerichtete Speisesaal nach und nach mit jungen Frauen, die müde wirkten und dem angebotenen Frühstück mit Ausnahme des Tees keine Beachtung schenkten. Stattdessen bekamen sie direkt aus der Küche verschiedene Suppen serviert, die sie bedächtig vor sich hin löffelten.

„Ich glaub wir sind hier im Paradies angekommen“, stieß Stefan seinen Freund an, als sich eine dunkelhäutige Schönheit an den Nebentisch setzte.

„Oder im Fegefeuer, es könnte auch der Vorhof zur Hölle werden, wenn wir jetzt nicht bei der Sache bleiben“, bremste Ronnie die aufkommende Euphorie seines Freundes ein.

„Schauen wir mal, was Luisa uns noch sagen kann, ich habe sie soeben draußen vorbei gehen sehen.“ Wieder einmal ließ Stefan Karoly seinen Charme spielen, indem er das Hotel in den höchsten Tönen pries und Luisa um ein paar Tipps für einen gelungenen Stadtrundgang ersuchte. Davor aber erkundigte sich Ronnie nach den Parkmöglichkeiten im Hotel und deren Kosten. Sein Auto stand immer noch vor dem Hotel. So schön die Farbe von Ronnies Wagen – er hatte beim Kauf brillantschwarz gewählt – auch war, die fehlende Klimaanlage machte die heißen Sommertage zur Qual, noch dazu, wenn man mit Anzug und Krawatte seinen Dienst bei Gericht versehen musste.

„Sie können gerne in unserer Garage parken, das kostet 10.000 Lire pro Tag. Bitte geben Sie unserem Hausmeister einfach Ihre Autonummer. Leider ist er heute und morgen nicht da, weil seine Mutter in Bergamo krank geworden ist und er zu ihr in seine Heimat gefahren ist. Ich schreibe sie mir auf und gebe sie ihm gerne weiter.“
Als sie O-726.733 auf einen Zettel kritzelte, fragte Ronnie nach, ob es einen speziell gekennzeichneten Parkplatz gebe oder er sich hinstellen könne, wo gerade frei war.

„Sie können sich überall hinstellen, die Nummer notieren wir, damit sich kein Hotelfremder einstellt“, gab sie spontan zur Antwort, „der Hausmeister hat ein kleines Büchlein, wo er die Nummern und die Parkdauer verzeichnet. Er hat es in seiner kleinen Kammer direkt in der Parkgarage. Beim Ausfahren kassiert er selbst die Gebühr, das ist mit dem Hoteleigentümer so ausgemacht.“

„Bei Ihnen ist alles einfach und kundenfreundlich, Kompliment. Ich schlage vor, Ronnie du fährst jetzt mal hinein und ich bleibe noch ein paar Minuten bei Luisa. Dann starten wir zu Fuß in die Stadt, auch wenn es ein ziemlicher Fußmarsch wird. Aber wir haben ja beide beim Heer gedient, oder?“, kommandierte Stefan in gewohnt befehlender Weise, als ob er seinen Privatchauffeur instruieren würde.

Sie gingen vom Hotel aus in Richtung Zentrum, die Sonne brannte gnadenlos auf ihre Köpfe, auf den Straßen waren nur einige wenige Badegäste am Weg zum oder vom Strand zu sehen. Sie hielten vor der ersten Gelateria, Ronnie bestellte sich einen Eiskaffee, Stefan einen doppelten Espresso.

„Was machen wir die nächsten zwei Tage hier, Ronnie? Früher werden wir an den Hausmeister und seine Aufzeichnungen nicht herankommen“, überlegte Karoly, während er den Strandschönheiten hinterherguckte.

„Stefan, da hast du wieder einmal recht. Aber ich habe vorgesorgt und mir den Spielplan der Serie B angesehen. Der AC Rimini ist ja der Schwesterverein des SK Vorderstadt, da gibt es eine langjährige Partnerschaft, der Verein hat sogar die gleichen rot-weißen Vereinsfarben und spielt auch in der zweithöchsten Spielklasse und – jetzt kommts – heute Abend gegen den AC Cesena. Ein echtes Derby – so wie SK Vorderstadt gegen den SK Eisen & Stahl – da gehen wir hin. Ich hoffe, es ist nicht ausverkauft. Da kannst du jetzt gar nichts dagegen sagen, du stehst schwer in meiner Schuld", duldete Ronnie keinen Widerspruch. Stefan zündete sich eine seiner geliebten Krummer-Hund-Zigarren an.

„Wenn es sein muss, nachher machen wir aber einen drauf, das Nightlife soll hier ein Wahnsinn sein - hat mir die Luisa gesagt. Wir müssen unbedingt in die angesagteste Italo-Disco, sie heißt Bella Piu und ist direkt im Zentrum an der Strada Marina und dann noch ins Peachy, das ist ein Nobel-Strip-Club gleich daneben", ergänzte Stefan das Programm für diesen Abend.

Es hatte immer noch über 30 Grad, als die beiden vor der markanten Rundbogenfront des Stadio Romeo Neri ankamen. Der Duce persönlich hatte dieses Stadion 1934 eröffnet, um es für seine Bewegung und nachfolgende Generationen zu einem Leuchtturm sportlicher Ertüchtigung und der Freude an der Bewegung zu machen, wie auf der am Eingang angebrachten und mit Spray- und Farbklecksen verunreinigten Gedenktafel zu lesen war, die auch 50 Jahre später noch immer dem italienischen Faschistenführer huldigte.

Das Match war für 19 Uhr angesetzt. Bereits eine Stunde vor Spielbeginn strömten tausende Fans aus allen Richtungen zum Stadion, das obligate Verkehrschaos und

Hupkonzert inklusive. Ronnie hatte Glück, sie bekamen noch zwei Karten für das fast ausverkaufte Lokalderby im Auswärtssektor, der von den schwarz-weißen Cavallucci Marini, so der Spitzname der Cesena-Anhänger, nach und nach besetzt wurde.

Vor einigen Jahren kickte auch ein Österreicher mit großem Erfolg bei diesem Verein, damals noch in der Serie A. Aber wie vieles im Fußball oder im Sport, war nichts vergänglicher als der Erfolg. Cesena spielte mittlerweile, so wie Rimini, gegen den Abstieg und die Drittklassigkeit. Bei nur mehr drei ausstehenden Spieltagen konnte man von einem Schicksals- oder Vorentscheidungsmatch sprechen, was die große Zuschauerkulisse von fast 10.000 erklärte. Als die beiden Teams das Spielfeld betraten, waren die Tifosi beider Mannschaften aus dem Häuschen. Sprechchöre und Gegensprechchöre ertönten, direkt bei den angrenzenden Fangebieten hörte man „merde, merde!". Als dann von den Rängen auch noch Feuerwerkskörper abgeschossen wurden, klärte Ronnie seinen neuen Fußballfreund auf, dass es sich um zwei echte Erzrivalen handelte. Die Rauchschwaden entwickelten in der Abendsonne eine eigenartig-magische Stimmung im Stadion, das zu einem Drittel noch sonnendurchflutet, aber größtenteils bereits im Schatten lag. Mitsamt der brütenden Hitze eine überaus interessante Konstellation, die ein hochspannendes Match mit vielen Überraschungsmomenten versprach. Ob es nun an den Licht- oder Sichtverhältnissen lag oder an der Angst beider Mannschaften nur ja nicht zu verlieren, es wurde eine matte Partie, bei der es vor allem körperlich mit zwei

Ausschlüssen zur Sache und einem torlosen Unentschieden zu Ende ging.

„Da hat Not gegen Elend gespielt, beiden Teams fehlte ein Spielmacher wie wir ihn mit Boris Kolodin haben oder ein echter Stürmer. Aber die Kulisse war es wert", resümierte Ronnie am Weg zurück ins Zentrum der Stadt. Sie machten einen Zwischenstopp in einer der vielen Pizzerien, um dann gegen 22.30 dem Türsteher der Italo-Disco mit dem klingenden Namen ‚Bella Piu' einen 10.000 Lire-Schein gegen ein freundliches Grazie Mille in die Hand zu drücken. Im Unterschied zum Fußballmatch herrschten angenehme Temperaturen in diesem neonlicht-durchfluteten Tanztempel, in dem sich allerdings nur wenige Gäste aufhielten. Sie bestellten an der Bar einen Cinzano und einen Aperol-Spritz, Stefan gab sich eher gelangweilt dem Rauchkonsum hin, um dann mit dem Verweis „Nichts los hier" zum nächsten Ziel, dem Peachy weiterzuziehen.

‚She drives me crazy', dröhnten die Fine Young Cannibals mit 100 Dezibel aus den überdimensional großen, wie ein Podest angeordneten Lautsprecherboxen, auf denen Beautys aus aller Welt mehr als ihre Tanzkünste zeigten. „Hier sind wir richtig, komm wir setzen uns zur Pole-Dance Bühne", war Stefan Karoly sofort in seinem Element. Großzügig steckte er der im knappen Lederoutfit, dafür aber mit kniehohen Lederstiefeln für die Jahreszeit gut beschuhten Kellnerin ein paar Scheine zu, als diese nach der Bestellung fragte. Noch sehenswerter war die Show, die eine superschlanke und bewegliche Rothaarige auf der

Bühne abzog. Nachdem sie bereits alle Hüllen fallen gelassen hatte und ihren auf die Hüfte tätowierten Schmetterling an einer neondurchfluteten Stange rieb, gab es für einen kleinen glatzköpfigen Italiener am Bühnenrand kein Halten mehr. Er stürmte auf die Bühne, auf der Millionen von Lire Scheine wie ein Geldteppich verteilt waren, um seinen fleischgewordenen Traum auch einmal anzufassen. Noch bevor es dazu kam, hatte ihm sein Traumgirl im Stil einer Kung-Fu-Kämpferin einen Fußtritt mit ihren zehn Zentimeter hohen Heels mitten ins Genital versetzt, der ihn direkt von der Bühne genau auf die Plätze vor Ronnie und Stefan zurückfallen ließ. Noch ehe er sich aufrappeln konnte, packte ihn Stefan gekonnt mit einem Polizeigriff, während Ronnie sich um das – ob der Wirkung ihres Schlages – sichtlich verdutzte Mädchen kümmerte.

„Geht´s oder kann ich was tun für dich?“, redete er besänftigend auf sie ein, wissend, dass sie ihn vielleicht gar nicht verstand. Zu seiner Überraschung sprach sie Deutsch.

„Danke, es geht schon, ich habe geglaubt, der stürzt sich gleich auf mich. Bitte gib mir das Plastiksackerl rüber, ich muss noch die Scheine einsammeln. So was ist mir noch nie passiert, ich mach Feierabend“, bedankte sie sich kurz und knapp, um gleich hinter der Bühne zu verschwinden.

Der kleine Italiener war inzwischen von den Türstehern und Barkeepern mit lautem Gebrüll übernommen und umgehend aus dem Lokal entfernt worden, ohne dass der Betrieb darunter sonderlich gelitten hätte, gab es doch sechs derartige Bühnen. Ronnie und

Stefan setzten sich weiter hinten in eine Art Separee und bestellten nochmals Gin Tonic und Cola Bacardi.

„Hier ist wenigstens was los, fast so wie in den Italowestern, war eine gute Wahl oder was sagst du, Ronnie?“, zeigte sich Stefan euphorisch.

„War keine schlechte Idee, ich hätte sie aber gerne nach ihrem Namen gefragt. Sie hat sich auch bei mir bedankt“, gab Ronnie zurück.

„Hey, Ronnie jetzt werde nicht gleich emotional. Wenn du sie schnackseln willst, dann bekommst du sicher noch eine Gelegenheit, wir sind ja morgen und übermorgen auch noch da. Komm wir setzen uns an eine andere Bühne. Was hältst du von der Dunkelhaarigen mit den Mördertitten, die tanzt echt lasziv?“

„Du kannst dich gerne herübersetzen, ich geh zurück ins Hotel, ist eh schon nach Mitternacht. Wir sehen uns morgen beim Frühstück. Ich hoffe, du findest heim, immer die Via Roma nach Süden entlang bis zur Strada Marina, wo unser Hotel liegt. Ciao amico.“

Noch bevor Stefan ihn zum Bleiben überreden konnte, sah Ronnie sein rothaariges Traumgirl beim Ausgang stehen – offensichtlich auf eine Abholung wartend stellte er sich neben sie, um ihr Feuer zu geben.

„Alles ok? Hast du auch eine Zigarette für mich?“ Sie nickte und musterte ihn mit freundlichem Blick.

„Danke nochmals. Du bist ein fescher Kerl. Ich stehe auf schlanke, sportliche Typen. Du hast auch blaue Augen und brünette Haare, so wie ich. Meine rote Ponyfrisur macht sich aber besser fürs Geschäft. Wie heißt du denn?

Ich bin die Andrea." Er spürte so etwas wie Verlegenheit und wurde rot, so wie früher, wenn ihm jemand ein unerwartetes Kompliment machte. „Ronald, meine Freunde nennen mich Ronnie".

„Schöner Name. Wohnst du hier in Rimini, ich fahr mit dem Taxi ins Hotel Argentina, das ist von hier ein paar Kilometer im Süden. Du kannst gerne mitfahren, wenn dein Weg in diese Richtung ist", lud sie ihn ein, mit ihr mitzufahren,

„Wir wohnen auch im Argentina, das trifft sich gut", war Ronnie einerseits erfreut und andererseits auch etwas verwirrt über diesen Zufall.

Im Taxi saßen sie dann schweigend nebeneinander am Rücksitz. Schließlich nahm er sich ein Herz, um sie nach einem Treffen für morgen oder besser heute, da es bereits nach Mitternacht war, zu fragen.

„Du kannst gerne noch zu mir aufs Zimmer kommen, da wartet eh keiner auf mich und müde bin ich auch noch nicht. Meine Schicht endet sonst gegen drei oder vier Uhr. Wir können auf meinem Balkon noch eine rauchen, wenn du magst."

„Gern", erwiderte Ronnie erfreut.

Sie hatte ein sehr kleines Zimmer, sparsam möbliert mit einem Kasten, einem kleinen Konsolentisch, ihrem Bett und einem Sofa, auf dem sich eine Unmenge an Liebesromanen und zu seiner Überraschung auch andere Literatur wie die Bestseller ‚Das Parfum' oder ‚Der Name der Rose' stapelten.

„Meine Mutter war Deutschlehrerin, sie ist leider an Krebs gestorben als ich 16 war. Sie hat mir immer etwas zu lesen gegeben und gemeint, dass Bücher gut für die Seele sind. Es ist das einzige G'scheite, was ich mir von ihr abgeschaut habe, ansonst bin ich leider immer falsch abgebogen. Aber ich geh mal duschen, kannst du auch, wenn du willst. Es geht aber nur hintereinander, weil das Bad so klein ist, dass man es auf eine Briefmarke drucken kann. Und das Klo ist dann auch drauf", lachte sie und verschwand hinter einem Bambusvorhang, der anstelle einer Tür aus Platzgründen als Abtrennung und Sichtschutz gleichermaßen herhalten musste.

Ronnie saß am Balkon und schaute auf die immer noch belebte Strada Marina hinunter. Man konnte das Meer riechen. Er suchte zuerst nach der Zigarettenpackung, die sie auf den Tisch neben ihrer Handtasche hingelegt hatte, dann holte er das Feuerzeug aus seinem Jackett. Ein komisches Gefühl überkam ihn, als ob die ganze Situation gar nicht Wirklichkeit wäre. Er dachte an frühere Italienurlaube und verflossene Beziehungen. Die letzte war noch gar nicht lange her. Sie aus gutem Hause, Tochter eines Industriellen mit eigener Dachterrassenwohnung. Er aus dem Arbeitermilieu, wohnte immer noch zuhause. Das ging so lange gut, als sie das gemeinsame Ziel hatten, ihr Jus-Studium abzuschließen. Unzählige Nächte hatten sie - auch mit Lernen – verbracht. Als es vollbracht war, wollte sie beruflich und privat neue Wege gehen. In einer renommierten Rechtsanwaltskanzlei konnte sie anfangen, das Private ergab sich nicht ganz zufällig mit dem Sohn eines Farbengroßhändlers. Er erinnerte sich daran, dass sie schon während ihrer Studentenbeziehung nach ihm gefragt und er sich nichts dabei gedacht hatte. Der Sohn aus wohlhabendem Hause war schließlich auch Student und man kannte sich halt. Mit der Sponsionsurkunde in der Hand war Ronnie sehr froh, das Gerichtspraktikum umgehend beginnen zu können. Um Abstand zu gewinnen, entschloss er sich für das Kreisgericht in Vorderstadt, das von seinem Heimatort eine Stunde entfernt war. Das nähere Bezirksgericht oder jenes am Ort seines Studiums kam nicht in Frage. Der Umstand, dass der SK Vorderstadt in derselben Liga wie sein Lieblingsverein der SK Eisen & Stahl spielte, begünstigte seine Entscheidung ebenso wie die Erinnerung an seine Gymnasialzeit. Sein engagierter Geografie-Professor hatte damals die Schüler der sechsten und siebten Klassen zum Protest gegen die Verbauung und Zerstörung des Landwehrkanals aufgerufen und war des Öfteren mit ihnen nach Vorderstadt zu Demonstrationen gefahren. Auch wenn sie als Schüler keinen unmittelbaren Bezug zu der Initiative ‚Rettet den Landwehrkanal' hatten, jeder Tag außerhalb des Schulgebäudes war willkommen und die Demonstrationen auf dem Stadtplatz, bei denen ein bekannter Vorderstädter Schriftsteller und Lehrerkollege ihres Professors sich gegen die Projektbetreiber aus der Immobilienszene und die politischen Verantwortlichen stellte, passten zu ihrem jugendlichen Aufbegehren. Im Werkunterricht bastelten sie Transparente, in Geografie und Sozialkunde standen Gruppenarbeiten zur Geschichte von Vorderstadt am außertourlichen Lehrplan. Dabei erfuhren sie vom Reichtum einer Stadt, die vor dem ersten Weltkrieg nach der Reichshauptstadt die bedeutendste Wirtschaftsmetropole der Monarchie war. Der Innovationsgeist genialer Ingenieure und Unternehmer, die sich ganz der Waffenproduktion verschrieben hatten, brachten Vorderstadt als erste Stadt der Monarchie nicht nur elektrisches Licht, sondern vor allem Wohlstand und sozialen Fortschritt.

Mit dem Niedergang der Monarchie verlor Vorderstadt mehr und mehr an Bedeutung, die ehemaligen Fabriken entlang der beiden Flüsse wurden nach und nach geschlossen oder aus der Stadt hinausverlagert. Am Ende des zweiten Weltkriegs blieben Schmerz, Elend und Verwüstung. Vorderstadt wurde zu einer der ärmsten Städte in der neuen Republik, viele Bauwerke – auch jene entlang des Kanals – verfielen zunehmend. Als schließlich die letzten Messerwerke ihre Pforten schlossen, traten findige Geschäftsleute auf den Plan. Der Kanal, der sich mittlerweile zu einem riesigen Biotop verwandelt hatte und mit seinen industriell-gewerblichen Gebäuden ein einzigartiges Ensemble ergab, sollte zugeschüttet und mit gesichtslosen Betonbauten neues Wohnen ermöglichen.

Ronnie beendete abrupt seine Reminiszenzen an die Schulzeit, als er Andrea im Bademantel aus der Dusche kommen sah. Sie war ungeschminkt noch schöner. Er spürte seit einigen Minuten dieses Bauchgefühl, das er schon lange nicht mehr kannte. Jetzt überkam ihn leichte Nervosität und noch mehr das Verlangen - ein Verlangen, das er auch in ihren Augen sah, als Andrea sich mit nassem Haar und im Bademantel zu ihm setzte.

Langsam öffnete er ihren Bademantel, küsste sie auf die Brust und taste sich vorsichtig an ihren Mund heran, etwas unsicher, ob sie seine Annäherung erwidern würde.

Sie nahm ihn bereitwillig auf, sie küssten sich, sie schmusten, schleckten und leckten sich ab, als ob er und auch sie längere Zeit auf Liebesentzug gewesen wären. Es fühlte sich wie ein Rausch an, in dem sie sich bis in die frühen Morgenstunden befanden. Als sie auseinanderfielen, kamen sie nicht einmal dazu, sich eine Zigarette anzuzünden. Erschöpft und glücklich schlief Ronnie an ihrer Seite ein, er wachte erst gegen Mittag auf, sein Gesicht in ihre langen roten Haare vergraben. Er roch den Duft ihrer Haut und spürte ihre Lippen an seinem Hals.

Im Frühstückraum war bereits alles für das Mittagessen vorbereitet. Stefan Karoly hatte sich in die Rezeptionistin vertieft, als er die beiden über die Stiege kommen sah.

„Buongiorno ihr beiden“, begrüßte er sie überschwänglich, „na Ronnie, habe ich dir gestern nicht gesagt, dass du sicher noch zum Schnackseln kommst.“

„Stefan, bitte halt die Luft an, das ist Andrea. Du kennst sie von gestern Abend.“

„Na klar, du bist ja eine Wahnsinnstänzerin, aber noch mehr imponiert haben mir deine Karatekünste. Ich kann das sagen, weil ich in meiner Jugend Profiboxer war. Das war wie bei Krav Magna, dem israelischen

Kontaktkampf. Wo hast du das gelernt?“, wollte er spontan von ihr wissen.

„In meinem Gewerbe muss man sich wehren können. Ich habe einmal einen Selbstverteidigungskurs für Frauen belegt, da haben sie uns solche Dinge gezeigt. Ich war selbst überrascht, dass ich so gut getroffen habe.“

„Der wird längere Zeit blaue Eier haben. Wäre interessant, was er seiner Frau erzählt, falls er eine hat. Wahrscheinlich eine richtige italienische Mama, die ihm dann noch eine draufgibt“, legte Stefan sichtlich amüsiert nach

„Wie schauts aus, gehen wir was Essen oder Frühstücken. Im Gran Caffee des Grand Hotels gibt es sicher beides, das ist ein Fünf-Sterne-Hotel mit Restaurant. Ich lade euch Hübschen ein, wir nehmen uns ein Taxi.“

„Ja gerne“, antwortete Andrea, ich muss mich aber noch zurechtmachen, es dauert keine zehn Minuten.“

Als sie das Nobelhotel betraten, wurde ihnen dank des Outfits von Andrea eine zum Teil missbilligende Aufmerksamkeit zuteil. Ihr roter Ledermini reichte nur knapp über die Pobacken, das weit ausgeschnittene Hemdchen tat das Übrige. Sie setzten sich auf die Terrasse, die zu dieser Zeit noch nicht voll besetzt war.

„Was nehmen wir denn, einen Prosecco vielleicht oder einen Cappuccino? Andrea sag, warum haben die Mädels im Argentina das Frühstück verschmäht und stattdessen eine Suppe gelöffelt“, wollte Stefan von ihr wissen, als nach einiger Zeit noch immer kein Ober in Sichtweite war.

„Willst du das wirklich wissen? Es ist ganz einfach, damit sich der Magen wieder einrenkt. Wenn du dauernd irgendwelche Schwänze lutschen oder Sperma schlucken musst, dann brauchst du keine Käse- und Wurstjause in der Früh. Am besten ist eine Hühnersuppe alla Romagna mit Parmesan, Ei und Weizengries zusammen mit ein paar Kräutern, da erholt sich der Magen wieder. Aber was macht ihr eigentlich hier, wie Urlauber schaut ihr nicht gerade aus?", wollte Andrea jetzt von den beiden wissen.

„Wir haben was Wichtiges zu erledigen, vielleicht kannst du uns dabei helfen. Du hast sicher vom Tod der Johanna Eder gehört, oder? Wir müssen herausfinden, wer an dem Wochenende, an dem sie ermordet wurde, im Hotel Argentina eingecheckt hat. Wenn der Parkwächter zurückkommt, dann werden wir versuchen, das Autokennzeichen auszuforschen. Er soll ein eigenes Büchlein führen, in dem er alle Nummern aufschreibt", gab sich Stefan detektivisch.

„Was habt ihr damit zu tun?", stellte Andrea die richtige Frage, auf die Ronnie und Stefan fast einstimmig mit ‚Eigentlich nichts' antworteten.

„Wir sind vom Untersuchungsrichter beauftragt worden, uns der Sache anzunehmen", flunkerte Stefan Karoly, „sonst trifft es womöglich die falschen Verdächtigen. Es würde uns helfen, wenn du die Luisa um einen Gefallen bitten würdest. Von Frau zu Frau. Sag, dass ein Freier nicht gezahlt hat und du nur so viel weißt, dass er hier Hotelgast war. Sie soll dir den Ordner mit den Anmeldeformularen im Mai zeigen. Du schreibst dir alle

Namen, die in der dritten Woche eingecheckt haben, auf. Das würde uns enorm weiterbringen."

Andrea und Luisa hatten sich mit der Zeit angefreundet. Auch Luisa war weit weg von ihrem Zuhause in Apulien. Ihre in Salzburg erworbenen Deutschkenntnisse wollte sie zudem nicht verkommen lassen und so war sie über den Kontakt zu Andrea froh, der sich mehr und mehr auf Vertrauliches – meist waren es Männergeschichten – ausgeweitet hatte. Natürlich konnte sie Andrea die Bitte nicht abschlagen. Stefan und Ronnie warteten gespannt in ihrem an der Rückseite des Hotels gelegenen Zimmer, als Andrea an die Tür klopfte.

„Du bist ein tolles Mädchen", flüsterte Stefan ihr in smachohafter Manier ins Ohr, um dieses auch gleich zu liebkosen.

Ronnie ging die Namen durch, einige typisch deutsche und bairische, wie etwa Schulz und Müller waren darunter, dazu ein paar Engländer, auch Schweizer dann der Name Karoly und gleich daneben stand Straka. Ronnie und Stefan sahen sich fragend an. Wenn der ehrenwerte Herr Vizepräsident einen eigenen Meldezettel abgegeben hatte, wer hat dann den mit meinem Namen ausfüllt?

„Da passt etwas nicht zusammen", grübelte Stefan. „Es kann weder jemand gleichzeitig unter verschiedenen Namen einchecken noch ein zweites Anmeldeformular ausfüllen. Wozu? Ich hätte es dem Herrn Rat zugetraut, dass er mir die kleine Erpressung zum Einstieg in das Gerichtspraktikum übelnimmt. Er hätte meine Unterschrift leicht fälschen können, nachdem ich ihm alle Unterlagen –

ich glaube es war sogar eine Kopie meines Reisepasses dabei – für die Zulassung als Rechtspraktikant ausgehändigt habe. Aber so macht das keinen Sinn. Warten wir mal, ob wir mit dem Hausmeister weiterkommen, wenn er uns die Infos zu den Kennzeichen gibt."

Der Hausmeister war ein kleiner etwas untersetzter Mann in den Vierzigern mit einem runden und fröhlichen Gesicht. Luisa hatte es übernommen, den Besuch der beiden und ihr Begehren anzukündigen. Antonio, so sein Name, hatte das Büchlein mit den Aufzeichnungen über die in der Hotelgarage abgestellten Wagen schon aufgeschlagen, als Ronnie und Stefan alias Stefano sich beim ihm vorstellten. Er blätterte langsam die dicht beschriebenen Seiten durch und deutete immer dann auf die Zeilen, wenn darin ein österreichisches Kennzeichen notiert war. Wiener Nummern fanden sich zu Beginn des Monats Mai. Zur Monatsmitte hin und am dritten Wochenende - jenem Wochenende, an dem sich die Tat ereignete – waren zwei oberösterreichische Kennzeichen notiert: 0-888.007 und 0-1593.

„Die kurze gehört Straka", merkte Ronnie sofort an, „sein Wagen steht oft neben meinem in der Tiefgarage des Gerichts. Ich habe mich gewundert, warum er nicht hinten auf seinem reservierten Parkplatz steht. Die kurze Nummer dürfte er übernommen haben, sein weißer Mercedes 190 ist neu."

Stefano legte einen 10.000-Lire-Schein neben das Büchlein und versuchte mit dessen Hilfe vom Hausmeister herauszubekommen, um welche Marke und Farbe es sich beim Wagen mit dem Kennzeichen 0-888.007 handelte. Antonio lächelte wissend und deutete auf einen im hinteren Bereich der Garage abgestellten Alfa Sud: „Alfa Romeo, nero, italiano."

„Also ein schwarzer Alfa. Und Italiano, heisst das, der Fahrer war Italiener oder ist das Auto gemeint?", wollte Stefan wissen, ohne darauf eine Antwort zu bekommen, da Antonio ihn nicht verstehen konnte. Sie beließen es bei dem, was sie erfahren hatten. Das war weit mehr, als sie sich von ihrer Reise erhofft hatten. Zuhause in Vorderstadt würden sie den Fahrzeughalter leicht herausbekommen.

Ein Anruf im Auftrag des Untersuchungsrichters bei der Landespolizeidirektion würde genügen.

Ihre Rückreise wollten sie nicht antreten, ohne sich von Andrea und Luisa zu verabschieden. Stefan lud beide auf Luisas Empfehlung in die Antica Osteria, einem bei Einheimischen sehr beliebten Speiselokal nicht weit vom Hotel ein. Er war in seinem Element als Gastgeber und Ronnie konnte Andrea einen Besuch in Vorderstadt abringen. Er würde sie auch vom Bahnhof, egal wo in Österreich, abholen. Sie tauschten ihre Telefonnummern aus, zogen sich – so wie Stefan mit Luisa auch - nochmals ins Hotel zurück, um sich am nächsten Morgen in aller Früh auf die Heimreise zu begeben: zufrieden, etwas verliebt und schon viel entspannter, was ihre Verwicklung in den Mordfall betraf. Während der Fahrt lauschten sie italienische Radiosender.

Ronnie las aus der beliebten Gazzetta dello Sport die Fußballereignisse vom vergangenen Wochenende vor. Das Lokalderby zwischen Rimini und Cesena fand sich lediglich im Statistikteil der Serie B wieder, das magere 0:0 war dem rosafarbenen Kultblatt nur wenige Zeilen wert. Auf der Titelseite und in einem vierseitigen Sonderteil berichtete die auflagenstärkste Sportzeitung Italiens nochmals ausführlich über den letztwöchigen UEFA-Pokal Triumph des AC Napoli mit ihrem argentinischen Superhelden über den VFB Stuttgart.

Ronnie liebte diese Geschichten, die ausführlichen Bildberichte ersetzten seine geringen Italienischkenntnisse. Die rasende Sprechgeschwindigkeit der Radiomoderatoren und aktuelle Italo-Hits unterhielten sie so lange, bis knapp vor der österreichischen Staatsgrenze der Empfang abriss. Stefan Karoly begann, das für ihn so positiv verlaufene Wochenende nochmals zu rekapitulieren.

„Wir wissen jetzt, dass sich jemand in meinem Namen im Hotel Argentina einquartiert hat. Wir kennen sein Autokennzeichen und er fährt einen schwarzen Alfa, da wird es nicht allzu schwer sein, seine Identität herauszufinden“, gab Stefan gleich die nächsten Schritte ihrer Ermittlungen vor, „wir werden mal bei der Landespolizeidirektion anfragen, auf wen das Auto zugelassen ist. Am besten schicken wir eine offizielle Anfrage über den Untersuchungsrichter, was meinst du Ronnie?“

„Wie willst du das machen, du bist nicht mehr dienstzugeteilt. Du kannst dich nicht länger als Büro des

Untersuchungsrichters ausgeben. Da bekommen wir einen Riesenärger."

„Wo du recht hast, hast du recht, Ronnie. Oder wir fragen den ehrenwerten Herrn Vizepräsidenten selbst. Der weiß sicher, wer mit ihm im Hotel war. Vielleicht hat er die Johanna umgebracht. Ein Motiv hätte er, nachdem er beim Herrenabend nicht bei ihr landen konnte oder besser überboten wurde."

„Lieber Stefan, auch das ist keine gute Idee. Wenn der Herr Vizepräsident sich von uns bedroht oder sonst wie verfolgt fühlt, dann meldet er das dem Präsidenten. Der hat dir ja auferlegt, volle Diskretion zu wahren. Da mach ich sicher nicht mit. Wir haben leider vergessen nachzuforschen, wie denn unser gesuchter Mann aussieht. Der Parkwächter hat nur ‚Italiano' gesagt, als wir ihn gefragt haben. Aber ich bin mir gar nicht sicher, ob er nicht das Auto, den Alfa Romeo, gemeint hat."

„Die Luisa hat mir auch nichts gesagt, als ich sie gefragt habe", erwiderte Stefan, „sie war sogar etwas verlegen und meinte nur, sie hätte an dem besagten Wochenende nicht durchgehend Dienst gehabt. Sie kann sich nur an einen älteren schlanken und gut angezogenen Herrn erinnern, der ein Stecktuch im Revers trug. Das war unser Herr Vizepräsident."

„Wir wissen auch, dass die Johanna der Star unter den Österreicherinnen in Rimini war. Sie war groß, schlank und blond. Das kam bei den kleinen Italienern besonders an. Vielleicht ist unser Mann der Zuhälter vom Österreich-Strich in Rimini. Hast du deine Andrea da mal gefragt?

Wenn nicht, dann fragen wir sie, wenn sie dich besuchen kommt, aber jetzt machen wir mal ein freundliches Gesicht für die Zöllner. Da vorne ist schon die Grenze", reichte Ronnie die Reisepässe zu Stefan hinüber.

Wenige Kilometer nach der österreichischen Staatsgrenze nahmen sie einen kurzen Tankstopp, um sich mit Getränken, Wurstsemmeln und Zeitungen einzudecken. Sie wechselten wieder die Plätze, sodass jetzt Stefan Karoly seinem Kompagnon am Steuer die Schlagzeilen vorlas.

„Unser Außenminister will schon nächsten Monat einen Brief nach Brüssel schicken, in dem um Aufnahme unseres Landes in die EG ersucht wird. Die Regierungsparteien und auch weite Teile der Opposition befürworteten einen Beitritt. Lediglich die Neutralität und die Sowjetunion wären noch Stolpersteine auf dem Weg nach Westen. Was glaubst du, ist das wirklich gescheit, dass wir uns der EG anschließen sollen?", sinnierte er vor sich hin.

„Ich glaube schon, obwohl wir mit der Neutralität bisher gut gefahren sind. Aber wirtschaftlich bringts sicher was. Wir hängen ohnehin an Deutschland dran, auch mit unserem Schilling", gab sich Ronnie von der Sinnhaftigkeit einer EG-Mitgliedschaft überzeugt, „es ist kein Anschluss wie 1938, die EG hat zwölf Mitglieder und es heißt, dass auch die Norweger, Schweizer, Finnen und Schweden beitreten wollen. Da sollten wir dabei sein, wie beim Kicken, da spielen auch alle bei der Europameisterschaft oder im Europapokal mit, sogar die Russen, aber das wird in Bezug auf die EG nie passieren“, führte Ronnie amüsiert aus.

„Beim Fußball kennst du dich aus, aber in der Politik, da bin ich mir nicht sicher“, entgegnete Stefan Karoly und verwies auf einen prominent aufgemachten Beitrag im Politikteil der neuen pfirsichfarbenen Tageszeitung, die in Österreich gerade für Furore sorgte.

„Du das ist interessant. Unsere Waffenfabrik soll entgegen den Bestimmungen des Kriegsmaterialgesetzes über 1000 Gewehre an die rote Armee geliefert haben. Woher die Sowjets das Geld für den Ankauf hatten - die sollen ja pleite sein, hat der ORF-Korrespondent unlängst im Fernsehen erklärt – wird nicht erwähnt. Aus Afghanistan haben sich die Sowjets schon zurückgezogen, dieser Krieg ist ihnen teuer zu stehen gekommen. Fast zehn Jahre und ohne Erfolg, weil ihre Rüstungsindustrie veraltet und nicht mehr finanzierbar ist. Ja und das wird dich freuen. Deine Rot-Weißen haben auswärts gegen Tempo Tulln mit 3:0 gewonnen, alle Tore hat der Boris Kolodin geschossen. Na, dann werden wir morgen übermotiviert ins Büro gehen, ich komm wieder ein bisschen später und werde mich gleich bei der Frau Dr. Glanz-Schaurhofer melden. Die ist eh die Höchststrafe, die man am Kreisgericht ausfassen kann“, nahm Stefan Karoly seine neue Zuteilung mit dem ihm eigenen Humor.

Die Frau Doktor passte perfekt in das Bild einer typischen Familienrichterin: mütterliches Aussehen, drei kleine Kinder, die sie den ganzen Tag über beschäftigten, sei es logistisch mit Transportaufgaben betreffend

Kindergarten und Volksschule oder langen Telefonaten mit ihrem Ehemann beziehungsweise mit Ärzten, falls wieder mal eines ihrer Kinder erkrankt war – da blieb wenig Zeit für große berufliche Aktivitäten. Bei den ihr anvertrauten Familien- und Pflegschaftssachen arbeitete sie daher stets auf eine außergerichtliche und einvernehmliche Lösung hin, um nicht in die Verlegenheit einer langwierigen Gerichtsverhandlung mit daran anschließendem Urteil zu kommen und sich einer Überprüfung durch die nächste Instanz im Falle einer Berufung auszusetzen. Dementsprechend wenig Zeit und Aufmerksamkeit schenkte sie Stefan Karoly als ihrem zugeteilten Rechtspraktikanten.

Seine Aufgaben beschränkten sich auf die in Pflegschaftssachen notwendigen Kontakte zum Jugendamt, das laut Karoly ein Hort von Linkskommunisten sei, der Väter vor allem als rechtlose Unterhaltszahler für Frau und Kind betrachtete und die oft vielschichtigen und tiefgehenden Problemfälle sehr einseitig darstellte. Es verwunderte ihn daher nicht, dass sich manche Väter ihrer Alimentationspflichten mangels Gegenleistung, sprich ausgewogenem Besuchsrecht, zu entziehen versuchten. Ein Besuch alle 14 Tage war ebenso wenig befriedigend wie die Abhängigkeit von der Kindesmutter, die immer wieder zu Konflikten führte. Vor allem dann, wenn diese einen neuen Lover hatte und plötzlich das Kindeswohl wieder stärker in die Hände des Kindesvaters legen wollten. Für Karoly, der selbst keinen Alimentationsverpflichtungen nachkommen musste, war die Zuteilung zur Familienrichterin nur insofern ein Gewinn, als er in seinem Junggesellenstatus vollauf bestätigt wurde. Stefan Karoly war sehr froh, dass seine Chefin wieder einmal früher nachhause fahren musste, weil die Älteste ihrer Töchter an Scharlach erkrankt war. Die beiden Herren von der Kripo hatten sich beim ihm für 14 Uhr angekündigt. Ronnie Astlehner befand sich bei einem Ortsaugenschein außer Haus, die Polizei konnte ihn daher nicht befragen, falls sie das überhaupt vorhatten.

„Eigentlich war das auszuschließen. Wahrscheinlich werden sie mein Alibi überprüft haben. Ronnie hätte mir das sicher gesagt“, mutmaßte er, als es an seiner Bürotür klopfte und die beiden Kommissare schon im Raum standen. Die beiden kamen Karoly nicht mehr so bedrohlich vor wie bei ihrem ersten Besuch. Vielleicht lag es an der Gewissheit, über ein Alibi zu verfügen, das er aber nicht von selbst vor der Staatsgewalt ausbreiten wollte.

„Guten Tag, Herr Karoly, Sie wissen sicher, warum wir wiedergekommen sind?“, eröffnete Wiedonig das Gespräch.

„Ja, klar, weil Sie es bei ihrem ersten Besuch ja angekündigt haben, oder? Wie Sie sehen, bin ich nach wie vor im Dienst und habe mir nichts zuschulden kommen lassen“, gab sich Karoly bewusst lässig und entspannt.

„Spielen Sie nicht die Unschuld vom Lande, Herr Karoly und übertreiben Sie nicht. Reden wir einfach normal miteinander oder noch besser: Sie arbeiten mit uns zusammen. Wir haben Ihre Angaben für die fragliche Tatzeit überprüft und festgestellt, dass man Ihre Personalien offenbar benutzt hat, um die wahre Identität des Täters zu verschleiern. Können Sie sich vorstellen, wer dafür in Frage kommt?"

„Keine Ahnung, Herr Kommissar, ich war lange nicht in dieser Stadt, einen richtigen Bekanntenkreis habe ich noch nicht aufbauen können, da war ich zu lange weg. Wie haben sie herausgefunden, dass sich jemand meine Identität zunutze gemacht hat?", gab sich Stefan Karoly neugierig, ohne die Kripo über seine eigenen Ermittlungen vom Wochenende zu informieren.

„Herr Karoly, wir stellen die Fragen, Sie geben Antworten, klar? Hat Dr. Straka etwas mit dem Mord an Johanna Eder zu tun? Gibt es zwischen den beiden eine Ihnen bekannte Verbindung?"

Karoly wusste, dass eine Aussage in diese Richtung möglicherweise das Ende seiner Gerichtslaufbahn sein würde. Gründe dafür waren leicht zu finden, zumal dann auch seine kleine Erpressung rasch ans Tageslicht kommen könnte.

„Nein, das kann ich mir nicht vorstellen, der Richter und die Nutte, das wäre eine Super-Geschichte für die Zeitungen, Herr Inspektor?"

„Hier geht es um Mord, nicht um die kranken Fantasien in ihrem Hirn oder um Sensationsmeldungen für die Medien? Es geht um die Wahrheit, Herr Karoly und die wird früher oder später ans Tageslicht kommen, dafür werden wir schon sorgen."

„Welches Verhältnis hatten Sie eigentlich zu Richter Straka, kannten Sie ihn außerhalb des Beruflichen?"

Karoly wurde schön langsam unwohl, möglicherweise hatten die Inspektoren in der Vorderstädter Unterwelt genauere Erkundigungen eingeholt und dabei den ehrenwerten Rat als regelmäßigen Puffgänger enttarnt? Oder noch schlimmer als Teilnehmer der Montagsrunde identifiziert. Dann war die Verbindung zu ihm nicht mehr weit. Karoly blieb dabei, dass es zwischen ihm und dem Vizepräsidenten lediglich eine dienstliche Verbindung gab. Gegenteiliges mussten sie ihm erst einmal beweisen und wenn, dann war nicht viel verloren. Seine Glaubwürdigkeit zweifelte die Polizei ohnehin an. Erleichterung machte sich bei ihm breit, als die beiden Inspektoren schließlich nach Ronnie Astlehner fragten.

„Der ist auswärts bei einer Verhandlung, Verkehrsunfall mit Ortsaugenschein. Soll ich ihm was ausrichten?"

„Nochmals Herr Karoly, wir stellen hier die Fragen. Werden Sie nicht übermütig. Nur weil Sie jetzt ein Alibi haben, heißt das noch lange nicht, dass wir mit ihnen schon fertig sind. Halten Sie sich bitte zu unserer Verfügung."

„Endlich können wir wieder normal unseren Dienst versehen", zeigte sich Ronnie erleichtert, als ihm der Besuch der Kripo in allen Details geschildert wurde.

„Haben die beiden Kommissare gesagt, ob und wann sie denn zu mir kommen werden oder besser was sie genau von mir hören wollen?"

„Dazu haben sie nicht wirklich was gesagt. Ich glaub, sie wollten mein Alibi mit dir checken, schließlich sind wir am Tatwochenende zusammen beim Dammwirt gewesen.

Du weißt schon, das war mein verspätetes Einstandsessen und Dankeschön, dass du mir dein Auto geborgt hast. Offenbar hat man sich dort an uns erinnert."

„Ja, sicher, so wie du der Kellnerin schöne Augen gemacht hast, außerdem hast du eine Lokalrunde geschmissen. Das hat sich ausgezahlt. Wichtig ist jetzt, dass wir unsere Gerichtspraxis fortsetzen können. Die ganze Geschichte hat uns nicht gerade geholfen, bei Gericht Karriere zu machen. Und im Übrigen solltest du wissen, dass mich Andrea nächste Woche besuchen wird. Sie ist eine Linzerin und am Wochenende bei Verwandten und Bekannten. Am Montag kommt sie am Vormittag zu mir ins Büro. Ich hätte sie auch gerne abgeholt, aber sie kann am Sonntag bei einer Freundin in Vorderstadt übernachten. Sie freut sich schon sehr, hat sie mir gesagt."

7 EIGENTOR

An diesem Montag kam Ronnie Astlehner besonders zeitig ins Büro, nicht nur um aufzuräumen, sondern um dieses mit ein paar Blumenstöcken sowie einem Rosenstrauß für Andrea zu verschönern. Früher als erwartet klopfte es an seiner Tür und noch bevor er etwas sagen konnte, stand sie auch schon in seinem Büro.

„Hallo, hier arbeitest du also. Schönes Büro." Ronnie spürte wieder dieses Kribbeln, wenn ihm jemand unverhofft ein Kompliment machte.

„Ja, ganz nett hier. Freut mich, dass du gekommen bist. Ich habe hier noch nie Besuch bekommen, obwohl ich eine Dienstwohnung gleich hier im Untergeschoß habe, aber so genau willst du das sicher nicht wissen."

„Bitte nimm Platz", stellte Ronnie einen der beiden Bürosessel an die andere Seite seines Schreibtisches. In diesem Moment kam, für die frühe Zeit eher überraschend, sein Freund Stefan bei der Tür herein, um den Besuch gleich mit anzüglichen Bemerkungen zu empfangen.

„Wow!", entkam es ihm, „du schaust ja noch besser aus als in Rimini, ich glaub mein Taschenfeitl springt gleich auf."

Ihr spontanes Lachen animierte Karoly, die bösen Blicke seines Freundes zu ignorieren und ihr etwas ins Ohr zu flüstern, während er gleichzeitig ihr Dekolletee betastete.

„Stefan, bitte lass das. Sie ist wegen mir gekommen, verstehst du", gab sich Ronnie leicht genervt und aggressiv zugleich. Dies schien seinen Freund und sie offensichtlich nicht besonders zu stören.

„Ronnie", sagte Stefan beschwichtigend, „sie ist eine Hure, verstehst du. Und du bist ein Romantiker, das passt nicht zusammen."

Ronnie war aufgesprungen, es reichte ihm jetzt. Er packte seinen verdutzten Freund und stieß ihn gegen den neben der Bürotür stehenden Kleiderständer aus Holz, der weniger von der Wucht des Stoßes, sondern eher vom Gewicht des etwas untersetzten Karoly auseinanderbrach. Ronnie wusste um die Boxkünste seines Freundes und packte daher den oberen Teil des kaputten Kleiderständers, der die Form eines Baseballschlägers bekommen hatte. Noch bevor Stefan sich aufrappeln und Ronnie zuschlagen konnte, betrat Untersuchungsrichter Dr. Frank das Büro.

„Was ist denn hier los. Den Krach hört man bis zu mir nach vorne. Legen Sie das sofort weg, Herr Astlehner, sonst rufe ich die Polizei. Ich glaube, ich träume und das am Gericht. Sie beide kommen sofort in mein Büro. Und wer ist diese Dame?"

„Ah, eine gute Bekannte", stammelte Ronnie mit hochrotem Kopf, „ich komme sofort."

Mit gesenktem Blick schlichen die beiden Praktikanten in das Büro des U-Richters.

„Was haben sie beide sich eigentlich gedacht? Wir sind bei Gericht und nicht beim Catchen am Urfahraner Markt. Wenn sie mir jetzt keinen verständlichen Grund nennen können, werde ich unseren Personalreferenten und

Präsidenten in Kenntnis setzen müssen. Also warum diese Szene?“

Ronnie Astlehner stand mit gesenktem Kopf da. Er wusste beim besten Willen nicht, was er jetzt sagen sollte. Stefan Karoly, der sich beim Sturz auf den Kleiderständer ein Hämatom am rechten Auge zugezogen hatte, war hingegen weniger verlegen.

„Herr Rat, wenn ich Ihnen das vielleicht erklären darf, Sie kennen ja den Entschuldigungsgrund im Strafgesetzbuch, wo von einer heftigen und allgemein verständlichen Gemütsbewegung die Rede ist. Wenn ihnen jemand die Frau ausspannt, dann sind Sie sicher auch sehr aufgebracht, oder? Das war leider bei meinem Kollegen der Fall, obwohl es gar nicht so war. Aber offensichtlich hat er etwas falsch interpretiert. Er kann daher gar nichts dafür und ich eigentlich auch nicht, zumindest war es kein Vorsatz, sie verstehen. Im Übrigen hat der Anschein getäuscht. Ja, wir haben uns gestritten und er hat mich geschubst, aber ich bin leider ungeschickterweise auf den Kleiderständer gefallen. Wir werden ihn selbstverständlich ersetzen. Magister Astlehner wollte nicht auf mich einschlagen. Den kaputten Teil hatte er in der Hand, um zu zeigen, was ich angerichtet habe. Bitte verstehen sie das so Herr Rat.“

„Was soll ich von Ihnen halten Herr Karoly? Ich kenne Ihre Vorgeschichte, dann die Geschichte mit dem Prostituiertenmord und jetzt die Schlägerei. Finden Sie nicht auch, dass das ein bisschen viel ist, um Ihnen weiter zu vertrauen?“

„Herr Rat, Sie haben selbstverständlich recht. Ich kann nur so viel zu meiner Verteidigung sagen, dass ich nicht gegen irgendwelche Gesetze verstoßen habe, seit ich hier angestellt bin. Aber Sie wissen ja, wie leicht man wo hineintappen kann. So wie beim Hausbau, wenn man sich auf Professionisten verlässt, die keine sind und nicht einmal einen Gewerbeschein haben?"

„Was wollen Sie damit andeuten Herr Karoly? Dass ich etwa Pfuscher auf meiner Baustelle beschäftige?", nahm es Dr. Frank jetzt auch persönlich, wie aus seinem stechenden Blick unschwer zu erkennen war.

„Nein, keinesfalls Herr Rat, ich habe Ihnen die besten Steinmetze und Brunnenbauer vermittelt und Sie waren sehr zufrieden, haben Sie mir gesagt. Ob die einen Meisterbrief in der Tasche hatten oder sonst wie konzessioniert waren, das habe ich nicht überprüft. Die Schuld liegt hier – so wie beim Streit mit meinem Kollegen – natürlich ganz bei mir." Dr. Frank schüttelte den Kopf.

„Ich bin froh, dass Sie mir nicht mehr dienstzugeteilt sind. Und Sie, Herr Magister, halten Sie sich von ihrem Kollegen fern, wenn Sie eine Laufbahn bei Gericht oder in der Anwaltschaft einschlagen wollen. Wenn mir nochmals etwas von Ihnen zu Ohren kommt, dann können Sie Ihr Praktikantendasein beenden. Dafür werde ich dann persönlich sorgen und jetzt bitte raus aus meinem Büro."

Schweigend gingen sie den Gang zu ihren Büros entlang. Karoly wollte noch etwas zu Ronnie sagen, doch dieser schlug ihm die Tür vor der Nase zu. Zu seiner Überraschung saß Andrea immer noch auf dem Sessel vor seinem Schreibtisch. Sie hatte sich offensichtlich die Fingernägel frisch lackiert und zwei Zigaretten geraucht, als Ronnie sich in seinen Drehsessel fallen ließ.

„Verdammte Scheiße", entlockte es ihm. Als Andrea nach Stefan fragte, ballte er die Faust. „Er kann zur Hölle fahren, ich hätte mich nie auf ihn einlassen sollen. Leider habe ich das nicht gecheckt, als er mir sein Leben ausgebreitet hat. Ich bin selbst schuld, ein klassisches Eigentor, das ich mir da geschossen habe."

Andrea bot ihm eine Zigarette an, während er über seinen, jetzt nicht mehr so tollen, Freund sprach. Dieser bekam fünf Jahre unbedingt wegen schweren Betrugs und Veruntreuung von Kundengeldern, die er zunächst als Sachbearbeiter und nach seiner Beförderung als Leiter der Altersvorsorgeprodukte in einer Wiener Bank zu verwalten hatte, zu fünf Jahren Haft verurteilt worden. Das Ganze wurde über fingierte Konten abgewickelt, auf denen auch Einzahlungen aus illegalen Geschäften wie dem verbotenen Stoßspiel oder Wettschulden landeten. Vorwiegend waren es jedoch ältere, alleinstehende Damen, die Stefan Karoly in Vermögensangelegenheiten beriet, um das ihm überlassene Geld nicht wie versprochen in deren Altersvorsorge zu investieren, sondern in riskanten Termingeschäften für sich zu veranlagen. Bevor Karoly in die Bundeshauptstadt ging, stand er als Kassier am Schalter der Vorderstädter Sparkasse und in seiner Freizeit im Ring des hiesigen Boxclubs. Schon während seiner Schulzeit, in der er ob seines leichten Übergewichts von seinen Mitschülern oft gehänselt wurde, hatte er zu boxen begonnen. Zum einen um Gewicht zu reduzieren und zum anderen um sein Selbstbewusstsein zu stärken. Beides erreichte sein damaliger Trainer und Mentor Rudi Olocher, der in der Nachkriegszeit König der Vorderstädter Unterwelt war. Seine Haftzeit verbrachte Karoly in einer Justizanstalt an der schönen blauen Donau, wo er nach viereinhalb Jahren wegen sehr guter Führung vorzeitig entlassen wurde. Im Gefängnis ging er seiner eigenen Wege und studierte Jus im Fernstudium. Zu den Prüfungen wurde ihm sogar Freigang gewährt. Er versuchte über Kontaktanzeigen eine Frau zu finden. Die Mitleidsmasche zog dabei am besten und so lernte er seine heutige Lebensgefährtin kennen, zu der er nach Ende seiner Haftstrafe ins traute Heim nach Vorderstadt zog. Damit war privat der erste Schritt in ein neues Leben gesetzt, sein in Rekordzeit mit dem Titel Doktor iuris abgeschlossenes Studium der Rechtswissenschaften sollte ihn auch in der Arbeits- und Geschäftswelt rehabilitieren. Nachdem er offiziell über keinerlei Vermögen verfügen konnte - ein solches wäre sofort an die von ihm Geschädigten gefallen - besaß er nur ein altes Auto, einen Citroen CX aus zweiter Hand. Dennoch pflegte er einen für seine Verhältnisse aufwändigen Lebensstil, den er – so mutmaßte Ronnie – nur aus den Einkünften seiner Zeit in Wien finanzieren konnte. Gemeinsame Ausflüge ins bairische Bad Tölz mit anschließendem Besuch der Spielbank gaben Anlass zu dieser Vermutung. Das karge Rechtspraktikantensalär reichte dafür sicher nicht aus.

Ronnie Astlehner wollte sich nicht länger mit seinem schillernden Kollegen auseinandersetzen, noch dazu, wo eine neue Flamme sein Leben erleuchtete und der SK Vorderstadt vor dem denkwürdigsten Ereignis der Vereinsgeschichte stand. Beides wollte Ronnie gemeinsam genießen und so fragte er Andrea, ob sie nicht zum letzten Heimspiel des SKV mitkommen wollte, wohl wissend, dass das Match seit über einer Woche ausverkauft war.

Er könnte sicher noch eine Karte auftreiben, seine hatte er bereits in der vorigen Woche gekauft, versuchte er Andrea das Spiel schmackhaft zu machen. Er nahm ihre Entschuldigung, sich nichts aus Fußball zu machen und den Abend schon einer Freundin versprochen zu haben, um gemeinsam deren neuen Videorecorder einzuweihen, mit einem Lächeln und einem Kuss ihrerseits an.

8 MEISTERFEIER

Die Bewohner von Vorderstadt waren das tägliche Stauchaos gewöhnt. Die topografische Lage der Stadt am Schnittpunkt zweier Flüsse provozierte das tägliche Verkehrschaos. Da reichte ein Fahranfänger, der Probleme mit dem Berganfahren hatte oder ein Landwirt, der von Osten nach Westen durch die Stadt ins Lagerhaus und wieder retour musste. Das letzte Heimspiel des SKV und die damit verbundene Meisterfeier – die Rot Weißen lagen vor dem letzten Spieltag uneinholbar an der Tabellenspitze der Nationalliga – stellte jedoch alles bisher Dagewesene in den Schatten. Vor allem, weil das Spiel unter der Woche stattfand und die Ligakommission offenbar mit den Verkehrsgegebenheiten am frühen Abend in Vorderstadt ebenso wenig vertraut war wie mit den Sicherheitsvorkehrungen der Exekutive. Die Polizei hatte vorsorglich den gesamten Bereich rund um das Stadion absperren lassen, um so die Sicherheit der Stadionbesucher nach dem Schussattentat vor vier Wochen zu gewährleisten. Das Verkehrschaos wurde dadurch noch weiter verschärft. Ein Megastau und ein Hupkonzert, das alle Bewohner von Vorderstadt an den historischen Tag des Wiederaufstiegs nach 30 Jahren fußballerischer Schonkost aufmerksam machte, sorgte für südländischen Flair an einem heißen Sommertag.

Ronnie Astlehner fühlte sich an das Match in Rimini erinnert. Die allgemeine Hochstimmung im und um das

Stadion versetzte ihn in eine Fußball-Euphorie. Er hatte sich eine normale Stehplatzkarte gekauft, um das Match so unmittelbar und authentisch wie möglich zu erleben. Er stellte sich daher auch mitten in den Heimsektor des SKV, um vom Geschehen am grünen Rasen und den Gesängen auf den Rängen alles mitzubekommen. Das Stadion war restlos ausverkauft.

Ronnie sah auf die Ehrentribüne hinüber, die bis auf den letzten Platz inklusive jenem des ermordeten Autohändlers besetzt war. Auf den Dächern des Stadions sowie auf den Balkons benachbarter Wohn- und Kulturbauten patrouillierten Scharfschützen, die dem Match zusätzlich Spannungsmomente verliehen, obwohl am Rasen bereits alles entschieden war. Doch das war an so einem Tag nebensächlich. Unter tosendem Applaus zogen beide Teams ins Stadion. Selbst der Platzsprecher tat sich schwer, das frenetische Publikum zu überstimmen - das Skandieren der Fans und die Inszenierung der Südtribüne machte die Vorstellung des Heimteams zu einem wahren Fest, das mit dem Einlaufen ihres Superstars Boris Kolodin – er lief immer als letzter aufs Feld - ihren ersten Höhepunkt erreichte.

Bevor das Match angepfiffen wurde, erinnerte eine Trauerminute an den auf tragische Weise aus dem Leben und aus dem Fußballgeschehen gerissenen Franz Niederwimmer, so der Stadionsprecher in der Anmoderation des Gedenkens an den langjährigen SKV-Funktionär, dem der sporthistorische Augenblick des Aufstiegs leider verwehrt blieb. Ein langanhaltender

Applaus und ein Transparent mit ‚Franz wir danken dir – dein SKV' würdigte dessen Verdienste für den Verein ein letztes Mal.

Als bedächtiger Applaus die Trauerminute beendete, konnte mit Anpfiff des Spiels die Meisterparty fortgesetzt werden. ‚Nie mehr zweite Liga' wurde ebenso oft intoniert wie die neue Stadionhymne, die dem Superstar des SK Vorderstadt gewidmet war. Ein unbeteiligter Betrachter des Geschehens hätte sich bei den vielen roten Flaggen und CCCP–Transparenten des Eindrucks nicht erwehren können, der SKV wäre Sowjetmeister geworden.

Die Akteure auf dem Rasen ließen sich vom Hochgefühl auf den Rängen allerdings nicht anstecken. Es wurde ein eher müder Sommerkick geboten, Strafraumszenen waren rar und nur einmal kam Spannung auf. Kurz nach der Halbzeitpause trat Boris Kolodin zum Elfmeter an, nachdem er zuvor an der Strafraumgrenze gefoult wurde und sich theatralisch in den Sechzehner hineinfallen ließ. Für den Schiedsrichter ein willkommener Anlass, dem Spiel etwas mehr Farbe zu geben. Diese gut gemeinte und ihrem Grunde nach überraschend wenig diskutierte Entscheidung führte im Stadion nicht die übliche heftige Akklamation derselben herbei, sondern unweigerlich die Erinnerung an die Situation des Cup-Elfmeterschießens, bei dem Franz Niederwimmer Opfer des Schussattentats wurde.

Auf einmal war es mucksmäuschenstill. Viele Fans richteten ihre Augen nicht auf den Elferschützen, sondern auf die Besucher der Ehrentribüne, die ebenfalls sichtlich angespannt ihre Augen weniger auf das Fußballfeld, als auf die umliegenden Dächer und Häuser richteten. Von über hundert Dezibel auf null, den Umgebungslärm der Stadt ausgenommen, zeigte sich auch der Schütze des Elfers von der ungewöhnlichen Ruhe im Stadion irritiert. Gleich zweimal musste er den Ball auf den Elferpunkt legen, um diesen dann an die Latte und nicht ins Tor zu schießen. Zur Erleichterung aller gab es auch sonst keinen Treffer und so füllte sich das Stadion nach und nach wieder mit Leben.

Am Ende gab es ein torloses Remis und eine Ehrenrunde der SKV-Spieler, die der Anweisung des Stadionsprechers folgend, in der Mitte Aufstellung nahmen, um den begehrten Meisterteller aus den Händen des Ligapräsidenten entgegenzunehmen. Ein Ritual, das üblicherweise dem Kapitän vorbehalten war, der diesen Moment des Triumphes mit Boris Kolodin teilen wollte und ihn deshalb zur gemeinschaftlichen Übernahme der Trophäe animierte. Gemeinsam stemmten sie die gewichtige Schale, die auch als Obstteller in jedem Haushalt hätte Verwendung finden können, in das Abendrot eines denkwürdigen Tages. Schließlich gab es auch für die Fans der Südtribüne kein Halten mehr. Sie stürmten auf das Spielfeld, die zahlreich davor postierten Polizeibeamten ließen sie ungehindert gewähren, wissend, dass jedes Einschreiten nur zur Eskalation führen würde und angesichts der Menge zwecklos wäre.

Der Stadionsprecher versuchte noch das Seinige, um die allgemeine Jubelstimmung nicht auf das Spielfeld zu lenken, sein Ersuchen auf den Besucherrängen zu bleiben, ging jedoch in der überschwappenden Euphorie um den Meistertitel und den Wiederaufstieg in die höchste Liga völlig unter.

Ronnie sah dem Treiben auf dem Spielfeld von seinem Platz im Fansektor aus zu. Boris Kolodin wurde von den Fans auf deren Schultern rund um den Platz getragen. Dass er dabei von ebenso vielen Sowjetfahnen wie Vereinsflaggen des SKV flankiert wurde, verlieh der Siegesfeier eine spezielle Note.

„So viele werden heutzutage nicht einmal am Roten Platz geschwungen", stellte Ronnies Nachbar im Fansektor treffend fest. Als sie näher ins Gespräch kamen, stellte sich heraus, dass es sich bei dem Mann um einen Kollegen, den Rechtspfleger des Gerichts, handelte. Ronnie war ihm noch nie begegnet, da eine Zuteilung in der Grundbuchabteilung des Bezirksgerichts in seinem Gerichtspraktikum nicht vorgesehen war. Günther, so der Name des Kollegen – das Du-Wort kam unter den gegebenen Umständen schnell von den Lippen – lud Ronnie noch in eines der Vereinslokale des SKV am Stadtplatz ein. „Dort findet wöchentlich jeweils Montagabend die Stammtischrunde statt", gab er sich als Insider in Sachen Vorderstädter Fankultur.

Sie bahnten sich ihren Weg über die Volksstraße und die benachbarten Gassen, in denen sich – sehr zum Leidwesen der machtlosen Anwohner - ein Autokorso mit höchster Lärm- und Smogbelastung nach italienischem Vorbild gebildet hatte, in Richtung Innenstadt. Das Lokal, in dem der Verein, Günthers Angaben zufolge seine Gründung erfuhr, befand sich in einer engen Gasse in unmittelbarer Nähe zum Stadtpatz. Ronnie gefiel das Ambiente, die Tische und Bänke stammten aus Zeiten, in denen Bierhallen der Treffpunkt des damals fast ausschließlich männlichen Publikums waren. Das Gleiche passierte kurz darauf, als weitere Fans in die Wirtsstube strömten, schließlich musste der historische Erfolg gebührend gefeiert werden.

Über das Sportliche und Private hinaus erfuhr Ronnie an diesem Abend viel über das Innenleben bei Gericht, dessen Geflecht aus Beziehungen, Eifersüchteleien und auch Konflikten, die in der kühlen und formellen Atmosphäre für einen Neuling wie Ronnie nicht erkennbar waren oder sich erst nach und nach erschließen würden.

„Kennst du auch meinen Kollegen Stefan Karoly?"

„Wer kennt den nicht, den Hochstapler. Vorderstadt war ihm zu klein, zu provinziell, er wollte immer schon was Besseres sein. Aber Hochmut kommt vor den Fall, wie es so schön heißt. Ich bin mit ihm in die Volksschule gegangen, er ist um ein Jahr älter als ich und hat die Parallelklasse besucht. Er kennt mich auch, wir grüßen uns. Aber mehr nicht. Ich habe mich nur gewundert, dass Karoly trotz seiner Verurteilung ein Gerichtspraktikum machen darf. Ich finde es sehr provokant, dass er sein Gerichtsjahr ausgerechnet bei uns macht. Außer mir kennen ihn noch andere und bei einigen Kolleginnen hat er einen sehr zweifelhaften Ruf."

„Du meinst wegen seiner Boxergeschichten?", wollte Ronnie nicht den eigentlichen Grund betonen.

„Nein wegen seiner Verbindungen zur Vorderstädter Nachtszene, wenn du weißt, was sich meine?“

„Ja, ich weiß von diesen Puffgeschichten, aber damit macht man sich nicht strafbar“, erwiderte Ronnie, ohne Karoly verteidigen zu wollen.

„Aber bei Gericht geht es darum, das Gesicht zu wahren und über jeden Zweifel unrechtmäßiger oder unmoralischer Verbindungen erhaben zu sein. Deshalb begegnen wir uns alle sehr förmlich und lassen wenig Privates zu. Wenn das von der Öffentlichkeit oder den Personen selbst hereingetragen wird, dann schadet es dem Ansehen der Justiz und natürlich dem Betreffenden selbst. Unser Herr Präsident ist sehr erpicht darauf, die Gerichtsbarkeit stets in bestem Licht erscheinen zu lassen. Zwielichtige Gestalten oder Vorbestrafte passen da ebenso wenig in dieses Bild wie privater Tratsch und Klatsch. Als oberster Personalvertreter bin ich oft mit derartigen Dingen befasst. Indiskretionen oder Schlampereien führen oft zu Ermahnungen, die dann auch den Betriebsrat – bei uns heißt es Personalvertretung – befassen.“

Auf seinen eigenen Werdegang angesprochen erzählte Günther von seiner früheren Tätigkeit als Standesbeamter im Stadtamt von Vorderstadt. Er selbst sei nach seiner zweiten Scheidung zum Entschluss gekommen, dass die heile Hochzeitswelt doch nicht das Passende für ihn war. Dazu kam, dass immer mehr Paare am Wochenende standesamtlich getraut werden wollten und er nicht selten auf die Spiele seines Vereins verzichten musste. Als eingefleischter Rot-Weißer begleitete er den SKV auch zu den Auswärtsspielen, bei Reisen nach Kärnten oder Vorarlberg war das ein sehr zeitintensives Unterfangen.

„Es war für mich ein Glücksfall, dass ich zum Bezirksgericht wechseln konnte, mehrere Teile meiner Standesbeamtenprüfung wurden mir angerechnet. Jetzt habe ich mit Grundstücken und Exekutionen zu tun. Da schließt sich der Kreis, denn auf die große Liebe folgt meist ein großer Streit ums Geld, das kann ich aus eigener Erfahrung sagen“, prostete Günther Ronnie lächelnd zu, „also überleg es dir gut, falls du noch nicht verheiratet bist.“

Ronnie zeigte ihm seine rechte Hand: „Noch sind keine Fesselspuren sichtbar, aber danke für deinen Tipp.“

Sie hatten bereits das dritte Bier vor sich und die Wirtsstube war jetzt übervoll, als ein braungebrannter Typ mit Kappe, protziger Goldkette und sehr auffälliger Begleitung an der Bar Platz nahm. Ronnie war sicher, diesem Mann schon einmal begegnet zu sein. Sein Erinnerungsvermögen und der Alkohol ließen ihn jedoch im Stich. Der dichte Rauchnebel, der sich über das gesamte Lokal verteilte, tat sein Übriges, um die nähere Identifizierung zu erschweren. Eine Tätowierung am rechten Oberarm und der muskulöse Körper des Mannes bestärkten Ronnie in seinem Verdacht, den Mann zu kennen.

Zu seiner Überraschung nahm Günther Ronnies Interesse am neuen Gast wahr.

„Das ist der Bruder von einem der bekanntesten Zuhälter von Vorderstadt mit einer seiner Angestellten.“

„Woher kennst du ihn denn?“, fragte Ronnie verwundert.

„Vorderstadt ist zwar eine Stadt, aber im Grunde ein Dorf. Der Herr an der Bar hat uns schon ein paarmal einen Besuch abgestattet, immer beim Strafrichter, meistens Körperverletzung aber auch kleine Betrügereien. Sein großer Bruder sitzt gerade in der Justizanstalt ein. Offensichtlich führt er als Stellvertreter seine Geschäfte weiter. Ist sozusagen ein Familienbetrieb.“

„Wie heißt er denn?“, wollte Ronnie seinem Gedächtnis auf die Sprünge helfen.

„Wer, der Bruder oder der vor uns an der Bar? Die Brüder Pivaric sind stadtbekannt, der hier heißt Mario. Ich kenne ihn nicht persönlich und hab auch keine Lust dazu, wenn du weißt, was ich meine...“

Mit diesen Worten wollte Günther seine Auskunftstätigkeit mit einem kräftigen Schluck aus dem Bierkrug abschließen und dabei die Aufmerksamkeit auf das wichtigste Thema des Tages lenken. Das kam Ronnie nur Recht. Als jemand, der dem Amtsgeheimnis unterlag, war er froh, kein Wort über den Kontakt seines Freundes Karoly zu Drasko Pivaric preisgeben zu müssen. Im Gegensatz zu Ronnie, nahm es sein Gegenüber offensichtlich mit der Verschwiegenheit nicht so genau. Während die beiden sich zuprosteten, machte sich ein sichtlich angeheiterter Fan an die Begleitung von Mario Pivaric heran. Diese verpasste ihm mit wenig schmeichelhaften Worten eine Abfuhr, worauf ein Wort das andere gab. Schließlich sprang Mario Pivaric von seinem Platz auf, versetzte dem stark illuminierten und sichtlich überraschten Verehrer einen Kinnhaken, auf dass dieser rückwärts auf den Tisch von Ronnie und Günther fiel. Ronnie konnte gerade noch ausweichen, sein Bier ergoss sich über den gesamten Tisch. Auch Günther war aufgesprungen und versuchte die Aktion zu beruhigen, indem er mit der Polizei drohte, falls sich das Ganze nicht auflösen würde. Sein überzeugendes Auftreten blieb nicht ohne Wirkung. Mario Pivaric forderte seine Begleitung zum Gehen auf, bezahlte seine Rechnung und dazu noch Ronnies Bier.

„Du eingeladen“, gab er Ronnie mit deutlich südländischem Akzent zu verstehen.

Noch ehe Ronnie etwas sagen konnte, bahnte sich das Paar seinen Weg durch die Menge. Wider Erwarten kam es zu keinen weiteren Provokationen, die Atmosphäre entspannte sich und König Fußball gewann wieder die Oberhand über die Stammtische. Ronnies Anspannung fiel jedoch im Laufe des Abends nicht ab. Sogar das vom Wirt persönlich servierte Freibier vermochte ihn nicht zu beruhigen. Die Gesprächsthemen nahmen ab, nachdem Urlaubspläne und Zukunftsabsichten ausgetauscht worden waren. Sie verabredeten, sich spätestens im Herbst wieder am selben Stehplatz im Stadion einzufinden.

„Ein spontaner Mittagstermin sollte sich dazwischen schon ausgehen – oder vielleicht kommst du mal zu mir ins Büro, dann zeig ich dir das Grundbuch und ein paar Exekutionssachen“, zeigte sich Günther an einem weiteren beruflichen Austausch interessiert.

Sie verabschiedeten sich vor dem Lokal, ihre Wege gingen in verschiedene Richtungen. Ronnie überquerte den fast menschenleeren und mittlerweile bereits finsteren Stadtplatz und beschloss die Abkürzung in Richtung Kreisgericht, vorbei am Kriegerdenkmal der Stadtpfarrkirche, zu nehmen. Es beschlich ihn ein ungutes Gefühl, obwohl er weit und breit niemanden erblicken konnte. „Habe ich zu viel getrunken oder bilde ich mir etwas ein?"

Er betrat gedankenversunken den Zebrastreifen, der über die Hauptstraße führte. Grelles Scheinwerferlicht und lautes Motorengeheul kam auf ihn zu. Er spürte den Sog eines mit hoher Geschwindigkeit an ihm vorbeifahrenden Autos, das wie aus dem Nichts plötzlich aufgetaucht war. Nach wenigen Augenblicken in einer Schockstarre begann Ronnie zu laufen, zuerst langsam dann immer schneller wie in Trance bis zu seinem nur mehr wenige hundert Meter entfernten Dienstquartier. Erst als er die Tür hinter sich zuschloss, merkte er, dass er am ganzen Körper zitterte. Er warf sich auf die Ausziehcouch und versuchte sich zu beruhigen. „Hatte er wirklich so viel getrunken, dass er das Fahrzeug einfach übersehen hatte oder wollte ihm da jemand bewusst Angst einjagen. Genauso gut hätte er überfahren werden können." Diese Gedanken wurde er an diesem Abend nicht mehr los. Da halfen weder Dusche noch Schokolade. Er verzichtete darauf, die Terrassentür – so wie immer - leicht zu öffnen, um seinem kleinen Wohn- und Schlafdomizil frische Luft und sich damit einen erholsameren Schlaf zu gönnen. Eine Erwartung, die in dieser Nacht nicht eintreffen sollte. Immer wieder musste er aufstehen. Seine Einzimmerwohnung mit gemeinsamem Bad und WC lag direkt an der Straße - nur durch einen schmalen Grünstreifen und einen halbhohen Betonsockel mit niedrigen Zaunstreben davon getrennt. Ein Eindringling würde leichtes Spiel haben, dachte Ronnie, als er weit nach Mitternacht aus seinem Zimmer hinausblickte. Nie hatte er einen Gedanken daran verschwendet, dass ihm jemand etwas anhaben wollte. Erst jetzt fiel ihm auf, dass es auch Außenjalousien gab, die neben dem schweren Vorhang mithilfe einer stangenähnlichen Vorrichtung zum Auf- und Zuziehen waren. Sicher ist sicher, ging ihm durch den Kopf, als er möglichst geräuscharm das Stangengewinde betätigte, um den Hausmeister und dessen Frau, die ebenfalls auf derselben Ebene wohnten, wenngleich in den Innenhof gerichtet, nicht zu wecken. Schließlich konnte Ronnie doch noch ein paar Stunden Schlaf finden. Sein eigenes lautes Schnarchen riss ihn am Morgen aus seinen Träumen, in denen sich Justiz und Polizei als doppelköpfiges Ungeheuer auf ihn gestürzt hatten.

9 ALLEINGANG

In den folgenden Wochen ging Ronnie seiner eigenen Wege. Das Gespräch mit dem Rechtspfleger bestätigte ihn, seinen Umgang mit Karoly einzuschränken. Es traf sich gut, dass mit 1. Juli der neue Rechtspraktikant neben ihm einzog, nachdem Stefan Karoly ein Büro in unmittelbarer Nähe der Familienrichterin zugeteilt bekam. Ob diese Trennung zufällig erfolgte, den unterschiedlichen Dienstzuteilungen geschuldet war oder vielleicht gar Dr. Frank und der Kreisgerichtspräsident persönlich nachgeholfen hatten, war Ronnie egal.

Mit dem neuen Kollegen, der in Wien studiert hatte und bei seiner Mutter in einer Nachbargemeinde wohnte, verstand er sich auf Anhieb sehr gut. Dessen sachliche Art und bescheidene Zurückhaltung hatten etwas Beruhigendes, ganz im Gegensatz zu Karoly. Ein Jurist wie er im Buche stand, dachte Ronnie bereits bei den ersten Gesprächen, die sich um aktuelle Fälle auf ihren Schreibtischen drehten.

Seine präzise Ausdrucksweise und die Vorliebe für die großen Philosophen Schopenhauer, Hegel oder Kant passten perfekt in das Bild vom intellektuellen und analytischen Menschen namens Markus Wiesner, der nach Abbruch des zunächst begonnenen Medizinstudiums, das Magisterium der Rechtswissenschaften erfolgreich abgeschlossen hatte. Abseits des Beruflichen unterhielten sie sich angeregt über Politik und das aktuelle

Weltgeschehen, zumal Österreich mit seinem Antrag auf Mitgliedschaft bei der EG wieder verstärkt auf die internationale Bühne drängte. Der Brief nach Brüssel und die Genehmigung des Rates der EG, mit Österreich in Beitrittsverhandlungen zu treten, bestimmten die innen- und außenpolitische Debatte. Nach Jahren der weltpolitischen Isolation, die der Rolle des heimischen Staatsoberhauptes im Dritten Reich zuzuschreiben war, sollte mit dem Aufbruch nach Europa ein neues Kapitel in der Geschichte der Zweiten Republik aufgeschlagen werden. Ronnie stimmte nicht nur in politischen Fragen mit seinem neuen Kollegen überein. Markus Wiesner strebte ebenso wie Ronnie eine Karriere bei Gericht an und erwies sich als ebenso kluger wie hilfsbereiter Kollege, der selbst schwierigste Rechtsfragen treffsicher aufbereitete und kommentierte.

Nach dem Kantinenbesuch in der Mittagspause spielten sie Schach oder gingen eine Runde um das Gerichtsgebäude, die benachbarte Bezirkshauptmannschaft und das Stadttheater. Das Gebäude des Kreisgerichts entsprach mit seinen modernen und klaren Formen den Attributen der Gerichtsbarkeit: Objektivität, Formalität und Funktionalität waren an diesem Standort idealtypisch verwirklicht. Das alte am Stadtplatz gelegene, ehemalige K&K-Amtsgerichtsgebäude war viel zu klein geworden, um dem Bezirksgericht mit dem Grundbuch, der Staatsanwaltschaft und dem Kreisgericht, welchem mit den jüngsten Justizreformen viele zusätzliche Aufgaben übertragen wurden, noch einigermaßen Platz bieten zu können. Der schnörkellose Zweckbau fügte sich harmonisch in das an die Vorderseite angrenzende Villenviertel und die auf der anderen Straßenseite gelegenen Wohnbauten, an deren Ende sich das Stadion des SK Vorderstadt befand, ein. Ein neuer Schwurgerichtssaal, eine Tiefgarage und ausreichende Parkmöglichkeiten für Bedienstete wie Besucher brachten eine wesentliche Erleichterung der Abläufe mit sich. Großer Beliebtheit erfreute sich der Speisesaal, der von der Justizanstalt aus täglich mit zwei Menüs versorgt wurde. Die dem Küchendienst zugeteilten Häftlinge der Justizanstalt mussten das von ihnen zubereitete Essen zunächst selbst verköstigen, bevor das Justizwachepersonal sich zum Mittagessen einfand. Erst dann wurden die Menüs in eigenen Warmhalteboxen an das Kreisgericht geliefert. Für die Richterschaft und das Personal hatte diese sicherheitstechnische Maßnahme den Nachteil, dass sie oft aufgewärmtes Essen zu fortgeschrittener Mittagszeit bekamen. Für den Ablauf von Verhandlungen erwies sich dies als Vorteil, da nach zwölf Uhr in der Regel schnellere Beschlüsse und Entscheidungen im Einvernehmen mit Anwälten und Parteien getroffen werden konnten - die Mittagszeit sozusagen als Verfahrensbeschleuniger diente.

Jetzt im Sommer war es spürbar ruhiger, die Ediktalfrist tat ihr übriges, dass das Gericht an manchen Tagen wie ausgestorben war. Auch die Bürgersprechtage, die jeweils am Montag jeder Woche angeboten wurden, waren sehr spärlich besucht und fanden ausnahmsweise nur mehr vierzehntägig statt. Lediglich die Besuchsaufsichten in der

Justizanstalt sorgten für etwas Leben in der Amtsstube des Untersuchungsrichters, der sich trotzdem über genügend Freizeit für seinen privaten Hausbau erfreute.

Ronnie hatte einige Verabredungen mit Andrea, die zwar wieder zurück nach Rimini musste, aber öfter als sonst wieder in ihre Heimat kam, was Ronnie fröhlich stimmte. Ebenso wie die Planungen für seinen Urlaub, den er mit seinen Radportfreunden im Burgenland verbringen wollte. Die Vorfreude steigerte sich weiter, als ihm Andrea eröffnete, gerne mitzufahren. Für Ronnie kein Problem, da einige seine Radsportkollegen ebenfalls mit Freundin oder Frau anreisten. Bei ihren Ausfahrten erwies es sich immer als sehr nützlich, ein Begleitfahrzeug an der Seite zu haben, um mit Getränken oder Bananen von ihren Begleiterinnen versorgt zu werden. Vor allem bei Bergetappen oder Pannen war dieser Service Goldes wert.

Mit den neuen Radträgern, die sie aus der Gemeinschaftskasse des Radsportclubs angeschafft hatten, konnten sie ihre Rennräder problemlos an ihr Ziel in die Hauptstadt der Störche am Neusiedlersee transportieren. Die einheitlichen Radsportdressen, die dem Team ein elegantes Flair in rosa-weiß verliehen, kamen mit ihren blauweißen Rennrädern der Marke Strada bereits am ersten Tag, kurz nach ihrer Ankunft zum Einsatz. Einrollen hieß die Vorbereitung auf den morgigen Radmarathon, der nach Angaben der Veranstalter als Friedensfahrt zur grenzüberschreitenden Völkerverständigung beitragen sollte.

Der ungarische Staatspräsident hatte auf Bitte des österreichischen Außenamtes und in Anbetracht des bereits zu Jahresbeginn begonnenen Rückbaus des Eisernen Vorhangs entlang der Grenze den ersten grenzüberschreitenden See-Radmarathon und die Öffnung zweier Grenzübertrittsstellen für die Ein- und Ausreise genehmigt. Auf ungarischer Seite wurde dieses Entgegenkommen allerdings nicht kommuniziert. Die wenigen ungarischen Teilnehmer waren Gastarbeiter oder Verwandte von österreichischen Radsportlern, die - auf welche Weise auch immer - von der Grenzöffnung anlässlich des Radmarathons erfuhren.

Der Start erfolgte frühmorgens, um den für Mitte August sehr warmen Temperaturen nicht unnötig Tribut zollen zu müssen. Die Umrundung erfolgte vom Westufer zuerst nach Norden, um dann über den Ostteil des Sees und das Naturschutzgebiet auf ungarisches Territorium zu gelangen. Der desolate Straßenbelag und die im Vergleich zum Burgenland ärmlichen Häuser begleiteten die Rennfahrer, die sich wie ein farbenfroher Wurm durch die Landschaft zogen.

Mehr als die Radamateure waren es die Begleitfahrzeuge, die das Interesse der lokalen Bevölkerung hervorriefen. Die einzige Labestation auf ungarischem Boden – sie befand sich am Südufer direkt vor dem Schloss Esterhazy, welches etwas verfallen und nicht öffentlich zugänglich war - veranlasste die Gruppe um Ronnie zu einem längeren Stopp, nachdem man bereits 100 km unterwegs war. Noch mehr Aufmerksamkeit riefen bei den Radfahrern die vielen

Wartburgs und Trabis aus der DDR, die in großer Anzahl auf den Camping- und Zeltplätzen im Süden des Sees abgestellt waren, hervor. Im Unterschied zum Plattensee zählte der ungarische Teil des Neusiedlersees eigentlich nicht zum bevorzugten Ferienort der ostdeutschen Staatsbürger, die das Radrennen am Straßenrand mitverfolgten.

Eine Panne gab schließlich Aufschluss darüber, welche Intentionen die Menschen aus dem Arbeiter- und Bauernstaat verfolgten. Während sein Ersatzschlauch und das Begleitauto Ronnie gute Dienste leisten konnten, erfuhren sie vom eigentlichen Ziel der DDR-Bürger, die mit allem was ihnen lieb war, angereist waren.

Auf einer Wiese vor der Grenzübertrittstelle am alten Preßburger Weg sollte die Grenze zur Teilnahme am traditionellen Picknick der Paneuropa-Union geöffnet werden. Kontakte wurden schnell ausgetauscht, Ronnie gab das Quartier seines Radsportclubs bekannt und auch seine Telefonnummer in seinem Elternhaus, das an der Westautobahn Richtung Deutschland lag.

Für Ronnie hatte das Geschehen etwas Unwirkliches und Sonderbares, aber zugleich etwas bereits Erlebtes an sich. Er erinnerte sich acht Jahre zurück, als plötzlich 51 Polen in ein leerstehendes Wohn- und Bürogebäude inmitten seines Heimatortes für mehrere Monate einquartiert wurden.

In Polen war aufgrund der Solidarnosc-Bewegung das Kriegsrecht verhängt worden, über 100.000 Polen flohen nach Österreich und wurden von den heimischen

Asylbehörden überwiegend auf dem Land in Gasthöfen und leerstehenden Wohngebäuden untergebracht.

Für den örtlichen Fußballverein waren die größtenteils jungen Männer ein Gewinn - als Talente am Spielfeld oder als Helfer beim Rasenmähen und in der Kantine. Nach einem halben Jahr hatten sie sich wieder in alle Richtungen, vornehmlich aber nach USA und Kanada, zerstreut, ohne besondere Spuren im Ort zu hinterlassen. Nur Ronnie hielt noch eine Zeit lang brieflichen Kontakt mit einem jungen Studenten aus Polen, mit dem er sich in dieser Zeit angefreundet hatte.

Jetzt fiel ihm sein Name wieder ein: Jakub Smolarek. Die Gedanken an diese Freundschaft ließen Ronnie auch die zunehmenden Muskel- und Gesäßschmerzen vergessen, die ihm im letzten Viertel des Radrennens arg zusetzten. Jakub Smolarek war nur drei Jahre älter als er gewesen, hatte in Kattowitz Atomphysik studiert und sich mit vielen seinen Studienkollegen in der Gewerkschaftsbewegung von Lech Walesa für Meinungsfreiheit und die Gründung eines unabhängigen Studentenverbandes eingesetzt.

Ronnie ging zu dieser Zeit in die Maturaklasse, Geschichte und Politik interessierten ihn schon damals. Von Jakub erfuhr er von der Unfreiheit und der schlechten Versorgungslage, die viele Polen in die Armut und Abhängigkeit vom politischen System führten. Durch seine Studien gelang es Jakub, Kontakte in den Westen aufzubauen. Mit speziellen Funkanlagen konnten sie Westradio empfangen. WDR und BBC waren jene Sender, die ihm halfen, seine Deutsch- und Englischkenntnisse mit

Freude zu verbessern. Probleme bekamen er und seine Kollegen allerdings nicht wegen dem unerlaubten Abhören von ausländischen Sendern, sondern weil sie in einer Vorlesung dunkle Sonnenbrillen getragen hatten. Dies wurde als Zeichen des organsierten Widerstands und als kritisches Verhalten gegen die Staatsgewalt des damals amtierenden Präsidenten, der aufgrund einer Kriegsverletzung stets eine dunkle Brille trug, gewertet.

Daraufhin wurde Jakub die Studienberechtigung entzogen und eine sofortige Versetzung in den militärischen Dienst, dem er sich bis zu diesem Zeitpunkt entzogen hatte, übermittelt.

Mit Hilfe eines Onkels, der an der polnischen Botschaft in Österreich beschäftigt war, und mit Zustimmung seiner Eltern, die ebenfalls regimekritisch eingestellt waren, gelang es Jakub, in Österreich um politisches Asyl anzusuchen. Nach der Erstaufnahme in einem niederösterreichischen Flüchtlingszentrum brachte man Jakub mit fünfzig weiteren Polen nach Oberösterreich, wo sie sich zu dritt ein spärlich eingerichtetes Zimmer inmitten eines ihnen unbekannten Ortes teilten. Misstrauen und Vorurteile begleiteten sie in den ersten Wochen ihres Aufenthalts – vor allem ältere Ortsbewohner fürchteten um ihr Hab und Gut oder um ihre Töchter, manche hielten die Flüchtlinge gar für Spione der Russen oder argwöhnten deren Dasein auf Kosten des Steuerzahlers.

Bis zu jenem Tag, als einer der Flüchtlinge beim Spazierengehen die Hilferufe einer in den Bach gefallenen

Altbäuerin hörte und diese beherzt aus dem Wasser zog. Zum Dank ordnete der Bürgermeister daraufhin an, die drei örtlichen Vereine – Fußball, Feuerwehr und Musik – mögen sich der sich vorübergehend in der Gemeinde aufhaltenden Mitbürger annehmen und ihnen für Hilfstätigkeiten ein Taschengeld von zehn Schilling pro Tag auszahlen, welches durch die Gemeinde refundiert werde. Von da an funktionierte das Miteinander in der kleinen Gemeinde besser, wiewohl viele Bürger persönlichen Kontakt weiterhin mieden. Nicht so Ronnie. Er erinnerte sich an viele Gespräche mit Jakub, meist nach den Fußballtrainings im Vereinsgasthaus oder auf der Bank vor dem Gemeindeamt.

Im Pulk, Rad an Rad fuhr er in Gedanken versunken mittlerweile wieder Richtung Österreich. Je näher es zur Staatsgrenze ging, um so länger wurde die Schlange der Autos mit ostdeutschen Kennzeichen, die am Straßenrand parkten, manche hatten sogar ein Zelt am Dach. Auf den Windschutzscheiben waren Flugzettel eingeklemmt, die auf das Paneuropa Picknick hinwiesen. Ronnie schnappte sich einen dieser Zettel, auf dem Dr. Otto Habsburg mit einem ungarischen Politiker zu einem Fest an der Grenze einlud. Im Einladungstext war von einer einmaligen okkasionellen Grenzüberschreitung der grünen Grenze zu lesen. Für die Radfahrer führte die Route allerdings über den Grenzübergang an der Hauptstraße, sodass sie nicht unmittelbar an der Festwiese vorbeifuhren. Niemandem war zu diesem Zeitpunkt bewusst, welches historisches Ereignis sich an diesem Tag abspielte. Davon erfuhren die

Radsportfreunde erst am nächsten Tag aus den Zeitungen, die sich ebenfalls schwertaten, die Geschehnisse richtig einzuordnen. Die meisten Berichte gaben lediglich die Nachricht vom Grenzübertritt Hunderter DDR-Bürger wieder, auf den Sportseiten fand sich ebenfalls nur eine kurze Reportage vom Radmarathon, die sich auf die Zahl der Teilnehmer und den Gewinner beschränkte. Ronnie und seine Radsportfreunde waren mit ihren weiteren Ausfahrten beschäftigt, die sie bei bestem Wetter bis in die Steiermark und hinauf nach Schwechat führten.

Den ersten Arbeitstag nach einem schönen und intensiven Urlaub hatte Ronnie sich anders vorgestellt. Schon beim Aussteigen aus seinem Auto erblickte er die schwarze Fahne, die der Hausmeister am Mast vor dem Gerichtsgebäude aufzog.

„Guten Morgen, wer ist denn leicht gestorben?“ mit diesem unfreiwilligen Reim ging Ronnie auf den Hausmeister zu, mit dem er sich bisher lediglich über Fußballergebnisse unterhalten hatte.

„Der Herr Vizepräsident Dr. Straka ist tot, letzten Freitag wurde er erhängt aufgefunden.“

Ronnies gute Laune verkehrte sich mit einem Schlag ins Gegenteil. „Was, Selbstmord? Warum?“, kam es aus ihm heraus.

„Das weiß keiner, aber der Anblick muss kein schöner gewesen sein, wie er da halbnackt, mit herausgestreckter Zunge und angepinkelt von der Decke baumelte. Eine Zeitungsausträgerin hat ihn gefunden“, zeigte sich der Hausmeister wie immer gut informiert.

„Woher wissen Sie das?“, fragte Ronnie nach.

„Die Zustellerin ist eine Bekannte meiner Frau, sie singen gemeinsam im Kirchenchor von Ennsfeld. Weil da ist die Pfarrgemeinde noch in Ordnung, nicht so anonym wie in Vorderstadt, sagt meine Frau. Die Susi, so heißt die Bekannte, stellte bei Herrn Straka immer das einzige Exemplar der Neuen Freien Presse zu, weil Akademiker gibt es ja nicht so viele in Ennsfeld, der Rest liest die Volkszeitungen. Sie hat sich gewundert, dass an drei Tagen hintereinander immer um vier Uhr dreißig das Licht im Wohnzimmer gebrannt hat. Wie sie die Zeitung in die Box an der Haustür gesteckt hat, ist sie ein paar Schritte zur Seite gegangen und hat durchs Fenster den Toten entdeckt. Sie kann heute noch nicht schlafen, hat sie meiner Frau erzählt, immer wieder verfolgen sie die Bilder. Seitdem ist sie im Krankenstand, ganz schlimm.“

„Ja ganz schlimm“, zeigte Ronnie Mitgefühl. Er ging betreten durch die Eingangstür und war froh bis zu seinem Büro niemanden anzutreffen.

„Das fängt ja gut an“, dachte er, „seit ich da bin, gibt es drei Tote mit Verbindungen zu diesem Gericht. Ich muss es Stefan sagen, auch wenn ich ihn eigentlich nicht mehr sehen will. Oder besser, ich warte mal, ob er zu mir ins Büro kommt. Immerhin war der Vorfall in meinem Büro seine Schuld.“ Er holte sich einige Akten aus dem Büro des Zivilrichters Dr. Spielegger, dem er seit zwei Monaten zugeteilt war. Die Sekretärin von Dr. Spielegger, der vor kurzem zum Vorsteher des Bezirksgerichts ernannt worden war, freute sich, Ronnie nach seinem Urlaub wiederzusehen. Als dieser ein paar Details dazu preisgab, richtete sie das Gespräch auf den Tod von Dr. Straka.

„Schrecklich, der Herr Vizepräsident war ein so liebenswürdiger und ausgeglichener Mensch. Ich war mal Karenzvertretung bei ihm. Er hat alle gleich höflich behandelt, egal ob es die Putzfrau war oder der Herr Präsident."

„Ja, schrecklich. Ich habe Herrn Dr. Straka nur ab und zu am Gang getroffen, war er verheiratet?", versuchte Ronnie sein Mitgefühl auf diese Art auszudrücken.

„Nein, er lebte allein. Soviel ich weiß mit seiner Mutter zusammen, bis diese in das Altersheim gekommen ist. Er war ein echter Sir und ein stattlicher Mann in den besten Jahren. Mir wäre er zu alt gewesen, sicher eine sehr gute Partie für Frauen mittleren Alters, aber für Frauen hat er sich nie besonders interessiert, mehr für Autos. Er hat sich vor kurzem einen neuen Mercedes 190 gekauft. Gewohnt hat er in Ennsfeld in einem schmucken Haus mit Pool und Garten, ich habe ihm mal die Post gebracht, als er krank war. Sein Arbeitszimmer sah fast so aus wie sein Gerichtsbüro. Echt tragisch das Ganze."

„Ja echt tragisch, vor allem, wie es passiert sein soll. Er soll sich umgebracht haben", erwiderte Ronnie teilnahmsvoll.

„Ich kann es mir aber nicht erklären, er hat nie Probleme gehabt oder halt nur nicht darüber gesprochen. Es ist noch nicht so lange her, da haben wir über unsere

Urlaubspläne gesprochen. Das war in der Kantine, als das Mittagessen mal wieder Verspätung hatte. Er wollte im Herbst nach Südtirol an den Kalterer See fahren. Dort hatte er Bekannte und ein Weinliebhaber war er auch“, konnte Ronnies Gegenüber nur schwer die Tränen unterdrücken. Ronnie bot ein Taschentuch an, dass sie dankend ablehnte und ihm seine Akten aushändigte.

Eine Mietrechtsklage, ein Schadenersatzfall, auch eine Klage nach dem Konsumentenschutzgesetz waren darunter, offensichtlich ein Haustürgeschäft betreffend. Noch bevor er sich einlesen konnte, klopfte es und Stefan Karoly schaute etwas zögerlich durch die halb geöffnete Tür.

„Hallo Ronnie, ich weiß, dass du nicht gut auf mich zu sprechen warst, aber das war ja vor dem Urlaub. Ich habe dir als kleine Wiedergutmachung was mitgebracht.“

Er ging ein paar Schritte zurück, um das Ungetüm von einem Kleiderständer durch die Tür zu bringen.

„Was sagst du, der ist aus Metall und geht nicht gleich kaputt. Ein echtes Designer-Stück, oder?“

„Echt super, aber damit kann ich dir in Zukunft den Schädel einschlagen oder die Tür aufbrechen, falls ich mich mal einschließen sollte“, nahm Ronnie Astlehner das unverhoffte Geschenk und die damit verbundene Entschuldigung mit einem Lächeln zur Kenntnis. „Das mit dem Vize, hast du eh schon gehört, Stefan?“ Dieser nickte kurz.

„Den brauchen wir jetzt nicht mehr fragen, wer mit ihm in Rimini war. Wahrscheinlich sein Mörder, denke ich."

„Stefan, wir brauchen uns gar nichts mehr zu denken. Du bist entlastet und alles Weitere wird die Kripo herausfinden. Ich habe im Urlaub lange nachgedacht. Bei einem Radmarathon hat man viel Zeit. Meine Gerichtspraxis dauert noch ein paar Monate und ich möchte gerne die Richterlaufbahn einschlagen. Unser neuer Kollege Markus Wiesner auch. Wir werden gemeinsam für die Übernahmeprüfung lernen und diesem Ziel alles unterordnen. Vor allem die Zeit hier. Das Kapitel Rimini ist für mich abgeschlossen."

„Das find ich wirklich super, Ronnie. Du bist noch jung und dir stehen alle Türen offen – im Gegensatz zu mir. Was denkt deine kleine Nutte darüber, falls ihr noch zusammen seid?"

„Ja, sind wir. Sie wird nächste Woche einen Job im Konsum anfangen und wir werden uns nach einer kleinen Wohnung umsehen. Und wenn du sie weiter beleidigen willst, dann kannst du gleich wieder gehen und den neuen Kleiderständer mitnehmen, verstanden? Oder ich probiere ihn gleich aus, falls du es weiter drauf anlegst!"

„Hey, reg dich nicht auf. Ich bin halt enttäuscht, dass du mich so links liegen lässt. Aber falls du mal Hilfe brauchst, ich bin nicht nachtragend", machte Stefan Karoly sich auf in sein Büro, „du weißt ja, wo du mich findest."

Ronnie schrie ihm noch nach, dass sie auch weiterhin zusammen in die Kantine Mittagessen gehen könnten, aber er hörte nur, wie eine Bürotür zugeschlagen wurde.

Vor der Mittagspause erschienen Chefinspektor Mayrhofer und sein Kollege Wiedonig im Büro des Präsidenten des Kreisgerichtes, um ihm mitzuteilen, dass seitens der Staatsanwaltschaft eine Obduktion gemäß § 128 Strafprozessordnung beantragt wurde.

Man hätte Strakas Leichnam verschiedene Hämatome am Oberarm, aber auch im Bereich des Gesäßes und der unteren Rückenmuskulatur bemerkt. Außerdem sei nicht auszuschließen, dass er betäubt worden sei. Diese Auffälligkeiten und Verdachtsmomente gelte es von der Gerichtsmedizin genauer zu untersuchen. Seitens der Staatsanwaltschaft wurde der Leichnam vom leitenden Staatsanwalt Dr. Lang-Oberkofler zur Untersuchung freigegeben. Der Vorstand des Institutes für Gerichtsmedizin werde sich persönlich des Leichnams annehmen, wies Inspektor Mayrhofer auf die Bedeutung des Falls in der Gerichtsmedizin hin. Offenbar machte es selbst beim Ableben einen Unterschied, ob der Primar höchstpersönlich oder irgendein Oberarzt obduziert.

Dem sonst immer souveränen Präsidenten des Kreisgerichtes merkte man förmlich an, wie ihm der Tod seines Präsidiumskollegen, mit dem er seit der gemeinsamen Studienzeit befreundet war, und die gesamte Situation, in die sein Gericht hineingeraten war, naheging. Seine Sekretärin hatte bereits einen Nerventee mit etwas Baldrian zubereitet, die beiden Kommissare lehnten das Angebot eines Kaffees dankend ab.

Chefinspektor Mayrhofer war etwas unsicher, ob er die richtigen Worte finden würde. Er verzichtete auf ein allgemeines Kondolieren und große Worte, die den Verlust eines so angesehenen Richters hätten beschreiben können. Stattdessen bat er den Präsidenten um ein paar persönliche Worte, die den Verstorbenen beschrieben. Er sei ein feiner Mensch gewesen, stets zuvorkommend, höflich und voll positiver Energie, die er ganz seiner Berufung der Juristerei widmete. Ein brillanter Zivilrechtler sei er gewesen, sein Freund Ludwig Straka.

Damit erübrigte sich auch die Frage nach Personen, die ihm nicht wohl gesonnen waren, knüpfte Mayrhofer an die Beschreibung Dr. Strakas an. Ja, in der Tat: jeder und jede mochte ihn hier am Gericht.

Auf die Frage, ob sich Dr. Straka eventuell durch seine Tätigkeit in der Zivilrechtsprechung, bei der es naturgemäß Verlierer geben musste, zur Zielscheibe von Aggressionen gemacht hatte, fiel dem Präsidenten kein Fall ein: „Und im Strafverfahren, wo die Schuld- und Strafkomponente eine große Rolle spielt, war Ludwig nie aktiv. Er mochte es nicht besonders, sich mit Delikten gegen Leib und Leben auseinander zu setzen. Dazu fehlte es ihm einfach an Härte."

Sein Privatleben betreffend erfuhren die Inspektoren, dass er sich nach dem frühen Tode seines Vaters, einem Rechtsanwalt, aufopferungsvoll um seine Mutter kümmerte, die an Multipler Sklerose schwer erkrankt war und deren Gesundheitszustand über die Jahre immer schlechter wurde, bis sie vor rund fünf Jahren in ein

Pflegeheim kam, wo sie vor knapp drei Monaten verstarb. Sie war auch der Grund, warum ein so ansehnlicher und gepflegter Mann wie Dr. Straka keine Beziehung einging oder besser eingehen konnte. Aber gelitten hätte er darunter nicht. Im Gegenteil, er war einer der optimistischen Angestellten hier am Kreisgericht, er kümmerte sich um das Faschingsgschnas oder den Betriebsausflug. Er hatte noch viel vor, wo er doch jetzt von den jahrelangen Betreuungspflichten durch das Ableben der Mutter entbunden worden war. Das machte Inspektor Mayrhofer neugierig.

„Hatte Dr. Straka da irgendetwas Ihnen gegenüber angedeutet?"

„Nicht direkt, aber er hat gesagt, dass er zwar bis 65 arbeiten werde, aber sich neuen privaten Dingen widmen möchte. Welche er damit gemeint hat, hat er mir nicht gesagt."

„Wussten Sie Herr Präsident – das muss ich Sie fragen – dass Ihr Kollege und Freund Stammkunde in der Sansibar war?", versuchte der Inspektor zwar mit verständnisvoller Miene, aber doch deutlich seine Frage auf einen wesentlichen Punkt der Ermittlungen zu bringen.

„Nein, und wenn es so war, dann darf man ihm das nicht vorwerfen. Die Familiengeschichte habe ich Ihnen ausführlich geschildert."

„Bitte die Frage nicht misszuverstehen, Herr Präsident. Es geht uns nicht um moralische oder sonstige Bewertungen. Es kann nur sein, dass sich der Verdacht erhärten könnte, dass er sich nicht erhängt hat, sondern erhängt wurde und wir daher in alle Richtungen ermitteln müssen. Diese Information ist nur für Sie, Herr Präsident, eine Weitergabe würde unsere Ermittlungen aber erschweren, Sie verstehen schon."

Er nickte bedächtig. „Abschließend würden wir uns noch gerne sein Büro näher ansehen, wenn sie es erlauben. Falls notwendig, können wir selbstverständlich einen Durchsuchungsbeschluss erwirken. Informell verursacht es weniger Aufsehen in unseren beiden Apparaten."

Das Büro des Vizepräsidenten befand sich am Ende des Ganges im zweiten Stock. Im Unterschied zum Präsidenten hatte Dr. Straka kein Vorzimmer und keine persönliche Assistenz. Er wurde von den Sekretärinnen, die im Zivilrechtsbüro als Schreibkräfte ihren Dienst versahen, unterstützt oder von Frau Wurbalek, die ihm gerne einen Kaffee samt Post und Zeitung brachte. Wie bei so einem Mann zu erwarten, waren Schreibtisch und Kästen schön aufgeräumt. In den Schreibtischladen fanden sich diverse Akten und Papiere, die nach einem bestimmten System abgelegt wurden. In der untersten Schreibtischlade fand sich ein Aktendeckel mit dem Vermerk ‚Dr. Karoly' und einigen losen Blättern darin. Es war sein Lebenslauf samt Reisepass- und Zeugniskopien. Chefinspektor Mayrhofer legte die Unterlagen auf den Tisch.

„Können Sie sich vorstellen," richteten sie die Frage an den Präsidenten, der mit ihnen in das Büro von Dr Straka gegangen war, „warum er ausgerechnet die Personalien von Herrn Karoly aufbewahrt hat?"

„Das ist eigenartig, weil für Personalagenden bin ich zuständig und die Personalakten der Mitarbeiter werden bei Frau Wurbalek sicher verwahrt. Aber ich kann mich erinnern, dass er es war, der sich sehr für Herrn Karoly eingesetzt hat, damit dieser als Rechtpraktikant bei uns anfangen kann. Bei seinem Vorstrafenregister hat es einiges an Überzeugungsarbeit gekostet, den Personalausschuss zur Zustimmung, natürlich mit Auflagen wie den Ausschluss von der Richterlaufbahn, zu bewegen. In diesem Gremium sitze ich zusammen mit unserem Personalvertreter, dem Leiter unseres Grundbuchs und Rechtspfleger Herrn Günther Gstöttinger, Herrn Dr. Straka für die Zivilrechtler und Dr. Moser für die Strafrechtler. Und für das nicht akademische Personal sitzt Frau Spelitz als Leiterin unserer Poststelle dabei."

„Wissen Sie, warum sich Dr. Straka so für ihn eingesetzt hat? Der Herr Karoly ist zuvor bei einigen anderen Gerichten abgelehnt worden?"

„Das kann ich mir nur so erklären, als Dr. Straka immer an das Gute im Menschen glaubte und jeder bei ihm eine zweite Chance erhalten hat. Ich werde mir aber die Begründung der Zulassung von Dr. Karoly zum Gerichtspraktikum nochmals ausheben und sie ihnen zukommen lassen, wenn das für sie in Ordnung ist." Mit Blick auf die Uhr entschuldigte er sich wegen einer nunmehr anberaumten Tagsatzung, bei der er für einen erkrankten Kollegen einspringen müsse.

Ronnie war verwundert, dass Stefan Karoly sich den ganzen Tag über nicht bei ihm meldete. Offensichtlich war er beleidigt oder vielleicht gar krank, da er sogar in der Mittagspause nicht zu sehen war. Auch sein Auto war nicht auf dem gewohnten Platz direkt vor dem Haupteingang des Gerichts. Obwohl Ronnie ihn eigentlich gar nicht sehen wollte, ging er ihm doch ab. In Karolys Büro, das er mit dem Zentralschlüssel des Hausmeisters unter Hinweis auf einen wichtigen Akt aufsperrte, war auf den ersten Blick alles so wie vor Ronnies Urlaub. Auf ein weitergehendes Nachsehen verzichtete Ronnie, er wollte nicht noch tiefer in die Privatsphäre seines Kollegen eindringen. Nur eine Liste mit vielen Boxterminen stach ins Auge, weil sie als einziges Schriftstück am Schreibtisch platziert war. Wenn es Karolys Boxkalender war, dann sollte er heute Abend wohl dort auftauchen, dachte Ronnie und sperrte das Büro wieder zu.

Vom neuen Rechtspraktikanten war zu erfahren, dass Dr. Karoly wieder Urlaub beantragt hatte, weil er – seine Betonung lag auf dringende - Geschäfte in Deutschland zu erledigen hatte. Das kam Ronnie zwar etwas sonderbar vor, aber er empfand es als nicht ganz abwegig. Schließlich waren auf der Liste noch weitere Termine eingetragen.

Nach Dienstschluss freute sich Ronnie auf das Wiedersehen mit Andrea, die eine Stelle in der Modeabteilung des neu errichteten Einkaufslandes am Stadtrand bekommen hatte. Seit drei Tagen war sie mit den Herbstkollektionen beschäftigt, die es entsprechend einzuschlichten und zu präsentieren galt. Wie immer ging Ronnie zunächst in die Feinkostabteilung, um seinen leeren

Kühlschrank wieder aufzufüllen. Mit der Einkaufstasche schlenderte er anschließend in die Modeabteilung, die sich neben dem Supermarkt befand. Andrea konnte er aber nirgends erblicken, eine Kollegin der Schuhabteilung gab ihm die Auskunft, dass sie heute nicht zum Dienst erschienen sei.

Verwundert fuhr Ronnie zur Wohnung der Freundin, bei der Andrea vorübergehend untergekommen war. Niemand öffnete ihm. Als er drei Stunden später nochmals vorbeifuhr, gab es wieder keine Reaktion auf sein Läuten und Klopfen. Etwas irritiert und leicht verunsichert fuhr Ronnie wieder zurück ins Gericht. Dr. Straka ist tot, Stefan Karoly ist nicht auffindbar und Andrea offenbar untergetaucht.

„Ein schlechter Tag", dachte Ronnie auf der Rückfahrt in seine Dienstwohnung.

10 VERWARNUNG

Beim Aufsperren entdeckte er unter der Tür einen kleinen Zettel. „Lass die Finger von ihr!“ stand da in krakeliger Schrift. Vorsichtig blicke Ronnie sich um, aber es war weder jemand zu sehen noch zu hören. Er setzte sich auf sein Schlafsofa und schaute den Zettel ein zweites Mal an. Die Schrift war ihm nicht bekannt. Die von Stefan Karoly war es nicht, an ihn hatte er aber sowieso nicht gedacht, trotzdem kam er ihm in den Sinn. Innerlich wurde ihm heiß, er beschloss zu duschen und schlafen zu gehen. Unter der Dusche hörte er plötzlich das Klirren der Fensterscheibe und den dumpfen Aufprall eines Gegenstands in seiner kleinen Einzimmerwohnung. „Jemand hat die Fensterscheibe eingeschlagen!“, verspürte Ronnie ein heftiges Angstgefühl. Er drehte den Brausehahn zu und lauschte. Nichts war zu hören. Rasch verriegelte er die Badezimmertür und trocknete sich vorsichtig und möglichst geräuschlos ab. Als nach einiger Zeit nichts geschah, öffnete er die Tür und musste feststellen, dass das zur Straße hin gerichtete Fenster mit einem faustgroßen Granitstein eingeschlagen worden war. Die Scherben lagen überall auf dem Boden. Er musste achtgeben, nicht hineinzusteigen und sich zu schneiden.

Sofort verständigte er mit dem Gerichtstelefon den Hausmeister, der ebenfalls im Gerichtsgebäude wohnte und zu später Stunde noch wach war. Vorsichtig und erleichtert öffnete Ronnie ihm die Tür. Sie räumten die gröberen

Splitter samt dem Granitstein, der nach Ansicht des Hausmeisters von der am Gehweg vor dem Gericht eingerichteten Baustelle stammte, weg und dichteten das Loch im Fenster provisorisch mit einer Plastikfolie, die üblicherweise zum Einbinden von Büchern verwendet wird, ab.

„Wahrscheinlich ein Lausbubenstreich", mutmaßte der Hausmeister. Ronnie sagte nichts, den Zettel hatte er sofort in seine Jacke eingesteckt. Ronnies Dank und Einladung zum Bier verschoben die beiden auf später.

Am nächsten Tag fiel es ihm schwer, die ihm anvertrauten Akten zu bearbeiten. Er dachte immerzu an Andrea und warum sie sich nicht bei ihm gemeldet hatte. Mit seiner Schadensmeldung ging er zum Hausmeister und bat ihn um rasche Erledigung, auch wenn es sommerlich warm war und das kaputte Fenster weder temperaturmäßig noch vom Sicherheitsaspekt her ein Problem darstellte. Er war froh, als der Arbeitstag endlich vorbei war und er rasch in Richtung Einkaufsland fahren konnte, nicht um Einkäufe zu tätigen, sondern um nach Andrea zu sehen. Vielleicht war sie wieder an ihrem Arbeitsplatz erschienen.

Wie immer ging er durch die Tiefgarage des Gerichts zu seinem Auto, das am hintersten Parkplatz des Gebäudes abgestellt war. Er musste beim Ausparken zunächst rückwärtsfahren und dann stark nach links einschlagen, um in einem Zug durch das Ausfahrtstor zu kommen. Schon beim Reversieren hörte er ein knarrend-metallisches Geräusch, das von der linken vorderen Seite des Fahrzeugs kam. Als er das Lenkrad einschlug, sackte sein

Auto mit einem lauten Krachen nach vorne ab. Das Vorderrad hatte sich gelöst, nicht ganz, aber doch so weit, dass es sich in einer Schrägstellung zum Fahrzeug befand.

Ronnie stieg mit leichtem Zittern und einem noch schlechteren Gefühl in der Magengrube als gestern aus. Offensichtlich hatten sich die Befestigungsschrauben des linken Vorderreifens gelockert oder – und das dämmerte ihm sofort – jemand hatte die Schrauben absichtlich gelöst und dadurch das Auto manipuliert. Der Hausmeister war ebenfalls herbeigeeilt und stellte fest, dass sich links vorne die gesamte Halbachse aus der Kugellagermanschette gelöst hatte.

„Sie haben wirklich Pech, gestern das Fenster, heute das Auto. Herr Magister, das wird teuer“, stellte er trocken fest, „soll ich den Pannendienst rufen oder gleich die Werkstatt, weil schieben ist zwecklos“, standen für einen Praktiker wie ihn die nächsten Schritte schon fest, „und auf der Windschutzscheibe pickt ein Zettel“, er zeigte auf einen kleinen Papierstreifen, ohne weitere Details zu erfragen.

Als der immer hilfsbereite Gerichtswart, so seine Funktionsbezeichnung, ins Gebäude ging, um den Abschleppdienst zu verständigen, nahm Ronnie den Zettel, der unter dem Wischerblatt eingeklemmt war und den er offensichtlich beim Wegfahren wegen seines Gemütszustandes nicht bemerkt hatte, an sich.

„Lass die Finger von ihr und misch Dich nicht ein“, stand da zu lesen. Es war dieselbe Schrift wie die auf der Nachricht unter seiner Wohnungstür. Während der folgenden Tage war Ronnie Astlehner unkonzentriert und verunsichert, in Bezug auf Andrea auch beängstigt. Er beschloss auf seinen abendlichen Spaziergängen, die ihn meist zu einem nahegelegenen Pub im Zentrum führten, einige Etablissements der Stadt aufzusuchen und dort nach ihr zu fragen. Auszuschließen war es nicht, dass sie wieder rückfällig geworden war oder dazu gezwungen wurde, obwohl er das nicht wirklich glauben wollte. Sie hatte ihm glaubhaft versichert, endlich ein normales Leben und eine normale Beziehung mit einem normalen Beruf führen zu wollen. Er nahm das Foto, das Stefan von ihm und Andrea mit einer Sofortbildkamera in Rimini geschossen hatte, aus seiner Geldbörse und steckte es in seine Jacke.

Die erste Station sollte die Sansibar sein, anschließend der Club Nouveau und dann noch das Erotika, das als ältestes Bordell Österreichs galt. Sein Inhaber, ein bekannter Zuhälter aus der Landeshauptstadt, der sich sein Geld offiziell mit Immobilien und einer Modellagentur verdiente, nutzte diesen Umstand auch werblich, indem er das Erotika als ältestes Bordell mit den jüngsten Mädchen Österreichs bewarb, was ihm öfter als seinen Berufskollegen Besuch von der Sittenpolizei auf der Suche nach minderjährigen Prostituierten einbrachte. Ronnie erhielt bei seiner Suche überall dieselbe Antwort, dass man Andrea zwar kenne, dass sie aber schon seit langer Zeit nicht mehr aufgetaucht sei. Auch das machte ihn stutzig und besorgt. Er beschloss nochmals in die Sansibar zu gehen, die auf seinem Heimweg lag, um dort ein Bier zu trinken. Vielleicht hatte er sich mit seiner Fragerei falsch angestellt. Der Barkeeper zeigte sich überrascht, Ronnie nochmals zu sehen.

„Nichts Passendes gefunden, junger Freund. Ich hätte die Jasmin im Angebot, die kleine Blonde da drüben", zeigte der muskelöse und durchtrainierte Mann auf eine zierliche gutaussehende Anfang Zwanzigerin mit braunem Teint und weißen Strapsen, die im hinteren Teil des sehr dunkel gehaltenen Lokals saß.

„Echt fesch, aber ich steh mehr auf die Rothaarigen, so wie meine Ex, die ich dir auf dem Foto gezeigt habe", brachte Ronnie das Gespräch wieder auf den eigentlichen Zweck seines Besuchs.

„Du hast mit der Andrea was gehabt, das hätte ich nicht geglaubt?", zeigte sich der Mann hinter der Bar sichtlich überrascht. Ronnie holte sein Foto nochmals hervor, das ihn und Andrea eindeutig als verliebtes Paar auswies.

„Du brauchst dir darauf aber nichts einzubilden, wirklich genau genommen hat sie es eh nie. Aber sie ist eine fesche Katz und echt geil. Das kann ich aus Erfahrung sagen", gab der Barkeeper sichtlich amüsiert eine Episode seines Liebes- oder besser Berufslebens mit der Gesuchten vor. Ronnie nutzte die Gunst der Stunde und lud ihn auf ein Bier ein, was sein Gegenüber noch gesprächiger machte.

„Wenn du für sie was abgeben willst, dann leite ich es gerne weiter", ließ er Ronnie aufhorchen.

„Es ist was sehr Persönliches, von meiner Mutter, da muss ich sie schon selbst treffen", versuchte Ronnie geschickt von seiner Lüge abzulenken, in dem er Reini – so der Name des offensichtlich doch besser Informierten – eine Zigarette anbot. Die Packung hatte Andrea in seinem Auto zurückgelassen, als sie sich zum letzten Mal sahen.

„Davon würde ich dir schwer abraten. Sie ist jetzt in Wien und geht für den Goldzahn anschaffen. Wenn du da aufkreuzt und auf sentimental machst oder gar lästig nachfragst, dann kriegst du sicher eine aufs Aug. Die Wiener Strizzis spaßen nicht gerne. Der Goldzahn und sein Stellvertreter, der Parisienne, sind die brutalsten. Die sind nicht so locker wie ich. Am besten du vergisst deine Ex und ich ruf dir die Jasmin zum Trösten. Die kann das perfekt."

Noch ehe Ronnie ablehnen konnte, stand sie bereits neben ihm und flüsterte ihm ein paar ordinäre Worte ins Ohr.

Sichtlich verlegen lud Ronnie die aus der Nähe noch jünger wirkende Angestellte der Sansibar auf ein Getränk an der Bar ein, um nicht gleich zur Sache kommen zu müssen. Schließlich war er froh, das Lokal rasch wieder verlassen zu können. Die 100 Schilling für die Getränke taten ihm zwar weh, aber zumindest hatte er jetzt eine Spur, die er aber auf eigene Faust nicht weiterverfolgen wollte. Ohne sein Auto, das immer noch in der Werkstatt war und ohne Stefan Karoly, der ihm von seinen Kontakten zur Wiener Szene des Öfteren erzählt hatte, wollte er bis auf Weiteres nichts unternehmen.

Nach drei Tagen hatte Ronnie sein Auto wieder. Die Reparatur hatte fast 3000 Schilling gekostet, ein Viertel seines ohnehin nur geringen Monatsgehalts. Die erste Fahrt führte ihn zum Supermarkt im Stadtzentrum. Ins Einkaufsland am Stadtrand wollte er angesichts des regen

Abendverkehrs nicht fahren, auch nicht wegen der Geschichte mit Andrea. Beim Einkauf achtete er auf besondere Aktionen, um nicht noch mehr Geld auszugeben, wobei seine Besorgungen ohnehin nie teuer ausfielen. Bier, Wurst, Käse und Brot dazu Knabbereien und Süßigkeiten räumte er in den Einkaufswagen. Auf den sonst üblichen Besuch im Buffet verzichtete er, zumal dieses nur von wenigen Gästen, allesamt Männer frequentiert war. Er staute sich das kurze Stück zum Kreisgericht zurück und war angesichts der prekären Parksituation rund um das Gericht froh, sein Auto wieder in der Tiefgarage abstellen zu können. Ein Privileg, das in der Miete für die Dienstwohnung inkludiert war. Zu seiner Überraschung erblickte er beim Einbiegen Stefan Karolys Auto, welches in der Zufahrtsstraße gleich gegenüber dem Gericht geparkt war. Vielleicht hat er einen Parkplatz für den Weg in sein Boxstudio gebraucht, arbeiten wird er sicher nicht um diese Zeit, dachte Ronnie beim Aussteigen aus seinem Auto, während er den intensiven und herben Duft eines Männerparfüms roch. Bevor er sich umdrehen konnte, um die Einkäufe aus dem Kofferraum zu nehmen, beförderte ihn ein Schlag auf den Hinterkopf und ein heftiger Stoß in die Rückenpartie mit dem Gesicht voran auf die Motorhaube seines Wagens. Das Blut, das aus seiner Nase die Motorhaube hinunter rann, nahm er noch wahr. Auch das Klicken eines Springmessers, das in ihm Todesangst erzeugte. Die lautstarke Drohung seines Peinigers: „Lass die Finger von ihr, sonst bring ich dich um!“, bekam er nur mehr verzerrt und wie betäubt mit. Wie aus dem Nichts kommend hatte sich Stefan Karoly auf den Angreifer gestürzt und ihm gezielt zwei Boxhiebe in die Magengegend und ins Gesicht, das von einer weinroten Sturmhaube verdeckt war, verpasst, so dass dieser taumelnd von seinem Opfer abließ und die Flucht ergriff. Stefan Karoly beschloss, nicht hinterher zu laufen. Auf seine Boxkünste war noch Verlass, laufen oder gar sprinten, waren noch nie seine Stärke gewesen. So kümmerte sich Stefan um Ronnie, der immer noch mit dem Oberkörper auf der Motorhaube lag.

„Ronnie alter Freund, was machst du denn für Sachen, tut es sehr weh? Soll ich die Rettung rufen?"

„Nein, ich glaub es geht. Gib mir bitte ein Taschentuch, im Handschuhfach sind welche. Am besten wir gehen mal in die Wohnung. Kannst du bitte die Einkäufe aus dem Kofferraum mitnehmen, sonst werden sie kaputt?"

„Hey Mann, du bist gerade dem Tod von der Schaufel gesprungen und denkst an deine Einkäufe. Du könntest auch Danke zu mir sagen."

„Ja sicher, dass vergesse ich dir nie." Ronnie schloss mehr recht als schlecht die Tür seiner Dienstwohnung auf das Blut aus seiner Nase tropfte auf den Fußabstreifer „Komm rein und setz dich nieder und nimm dir ein Bier, hoffentlich ist es noch kalt. Ich geh schnell ins Badezimmer."

Stefan setzte sich auf das Zweiersofa, das er mit Ronnies Erlaubnis bei seinen Mittagsflirts schon das eine und andere Mal mitsamt seiner jeweiligen Bekanntschaft ausgezogen hatte.

„Du darfst auch eine rauchen“, rief ihm Ronnie vom Bad aus zu. Das Nasenbluten war schon etwas weniger stark, ein Wattebausch stoppte den weiteren Blutfluss.

„Und bitte schau, ob am Gang und in der Garage eh keine argen Blutspuren sind. Da hast du einen Fetzen und einen Kübel mit Wasser, ich bitte dich. Währenddessen zieh ich mich mal um.“

Etwas widerwillig nahm Stefan den Kübel samt Fetzen, um nach wenigen Minuten wieder an der Tür zu klopfen. „Ich habe alles abgewischt, auch am Auto. Da ist nichts kaputt.“

„Na, wenigstens etwas Gutes. Was soll ich jetzt machen? Die Polizei holen, wo es doch schon genug Scherereien gibt?“

Sie saßen eine Weile schweigend auf der Couch. Sein Lebensretter hatte eine seiner Krummer-Hund-Zigarren angezündet, vorsichtig öffnete Ronnie das kaputte Fenster, um zu lüften.

„Am besten wir hören jetzt wirklich mit unseren Nachforschungen auf, ansonst passiert noch Schlimmeres“, jammerte Ronnie verzweifelt vor sich hin. „Wir sollten zur Polizei gehen oder am besten die beiden von der Kripo informieren. Wenn nicht jetzt, wann dann Stefan?“

„Du stellst dir das so einfach vor. Sie werden dich unter Polizeischutz stellen, das kommt sicher gut an hier am Gericht. Dann stehen zwei Kieberer vor deiner Bürotür, findest du das gescheit?“, entgegnete Stefan mit dem Hinweis, dass es besser wäre die Polizei noch im Dunkeln tappen zu lassen.

„Und Personenschutz brauchst du eh keinen, denn du hast ja mich, oder?"

„Ja Stefan, danke nochmals, aber sag, warum warst du in der Tiefgarage. Ich habe dein Auto gegenüber an der Straße parken gesehen und geglaubt, du bist im Boxclub."

„Das habe ich auch vorgehabt. Ich wollte aber noch vorher bei dir anklopfen und mich mit dir ausreden, nachdem du ja nichts mehr zu tun haben willst mit mir. Als ich vor deiner Wohnungstür gestanden bin, habe ich dich einparken gesehen und dann auch den Mann mit der Sturmhaube. Zuerst habe ich geglaubt es ist der Hausmeister, denn der hat ja ein Motorrad. Ich habe mich noch gewundert, dass der im Sommer eine Haube unter dem Helm trägt."

„Hat der Typ einen Helm aufgehabt?"

„Nein, wahrscheinlich hat er dort hinter dem Tiefgaragentor gelauert. Es war offen, als du hineingefahren bist."

„Wie groß war den der Kerl? Was hatte er denn an?"

„Etwas größer als ich, aber das ist nichts Besonderes. Er war trainiert, seine Oberarme sahen ziemlich kräftig aus. Er ist auch sehr schnell weggelaufen. Ein richtiger Sportler mit Lederjacke und Jeans und eben seiner weinroten Sturmhaube. Aufgefallen ist mir noch sein starkes Parfüm, es roch nach Tabak, so wie meine Zigarren."

„Glaubst du, es war der Mörder?"

„Schwer zu sagen. Wenn er es war, dann warst du jedenfalls nicht auf seiner Abschussliste. Er wollte dir eine Abreibung verpassen. Das passt auch zu den Drohungen auf den Zetteln und zur Sabotage an deinem Auto. Seine Schrift und die Rechtschreibung deuten darauf hin, dass er des Lesens und Schreibens nicht sehr kundig ist. Vielleicht ein Ausländer, am besten wir bleiben achtsam. Fürchten brauchst du dich nicht. Er hat ja erreicht, was er wollte, nämlich dich einzuschüchtern. Ich denke, er wird nicht so schnell wieder auftauchen und dich bedrohen."

„Dein Wort in Gottes Ohr. Ich habe kein gutes Gefühl mehr. Vielleicht sollte ich mich an ein anderes Gericht versetzen lassen?"

„Jetzt mach dir nicht in die Hose, du hast ja mich als Beschützer. Sein Werkzeug steck ich mir gleich ein", zeigte Karoly auf das neben ihm liegende Messer, „er hat es fallen gelassen, wie ich ihm seitlich unter seinen Rippen einen Faustschlag verpasst habe. Beim Boxen ist so ein Schlag verboten, weil dir die Luft wegbleibt, die Wirkung ist genial. So wie früher bei meinen Attacken im Ring – natürlich alles im Rahmen des Erlaubten."

„Nochmals danke. Ich bin froh, dass du dazwischen gegangen bist. Wer weiß, was er mit mir vorgehabt hätte. Mit dem Ding hätte er mich auch abstechen können, oder?"

Stefan betrachtete das handliche, nicht allzu große Messer genau: „Ja klar. Das ist ein Automatik- Springer, der fällt bei uns unters Waffengesetz und ist verboten."

Er klappte die Klinge ein, um sie mit einem hörbaren Schnappen wieder aufspringen zu lassen. „Sehr praktisch, liegt gut in der Hand, aber ein bisschen grob verarbeitet, vor allem der Griff. Kannst du die Zeichen entziffern, ich habe meine Brille im Auto?"

„Dürfte kyrillisch sein, ich kenne diese Schrift von den Abzeichen der sowjetischen Fußballteams."

„Das ist sicher so, Springmesser sollen ja in Russland erfunden worden sein und in der Sowjetarmee häufig Einsatz gefunden haben. Ich weiß das von einem ehemaligen Knacki aus meiner Zeit an der schönen blauen Donau. Der Kerl ist bei mir in der Wäscherei gewesen. Er war ein Messersammler und hat seine Frau mit fünf Stichen ins Herz umgebracht. Weil sie ihn angeblich mit fünf Männern betrogen hat, so hat er zumindest vermutet. 20 Jahre hat er ausgefasst, müsste so circa in zwölf Jahren wieder draußen sein oder früher, wenn er sich gut benimmt. Aber nachdem die Waffe illegal ist, wird uns das nicht weiterhelfen. Jetzt schlaf dich mal aus, wir sehen uns gegen Acht oder auch etwas später. Und schließ die Tür gut ab. Das Messer lass ich dir sicherheitshalber da, leg es unter den Kopfpolster – so wie in den schlechten Westernfilmen", war Stefan bereits wieder zum Scherzen zumute.

„Heut krieg ich sicher kein Auge zu. Nehmen wir noch ein Bier aus dem Kühlschrank, dich halten sie eh nicht auf und wenn, dann zeigst du deinen Gerichtsausweis."

„Ronnie, erstens habe ich heute fast gar nichts getrunken und zweitens bin ich Mitglied im Polizeihundeverein von Vorderstadt. Die Förderplakette klebt auf der Fahrerseite der Windschutzscheibe, das wirkt Wunder, nicht der Gerichtsausweis. Die Bullen und die Rechtsverdreher sind sich nicht immer grün. Die einen sperren die Ganoven ein, die anderen lassen sie wieder aus", analysierte Karoly.

„Stefan, kennst du einen gewissen Goldzahn. Dürfte eine große Nummer in der Wiener Unterwelt sein?"

„Hey mein lieber Freund, wie kommst du auf den? Den kennt jeder in Wien. Dem gehört der halbe Gürtel – von der Währingerstraße bis Thaliastraße und der Straßenstrich unter der Westbahneinfahrt. Er ist ein egozentrischer, unnahbarer und besonders brutaler Kerl. Mit bürgerlichem Namen heißt er Goldner und er hat ein Faible für Gold. Daher hat er sich einen Schneidezahn aus Gold machen lassen, die goldene Rolex und die Ketterl waren ihm nicht genug. Aber sag, wie kommst du auf ihn?"

Ronnie berichtete von seinen nächtlichen Erkundigungen und den Hinweisen in der Sansibar.

„Du bist mir ja ein ganz Heimlicher. Mit mir wolltest du nie ins Puff. Hat der Reini dir das gesagt?", hakte Stefan nach. „Der Reini ist in unserem Boxclub, eigentlich ein Netter, wenn da nicht ab und zu seine Aussetzer sind. Er schlägt sehr hart, nicht nur im Boxring. Offenbar habt ihr euch angefreundet. Aber eines sag ich dir auch. Diese Typen spielen nicht, die machen gleich ernst. Du kannst da nichts ausrichten und ich auch nicht. Verstanden? Wenn es so sein sollte, dass deine Ex jetzt in Wien anschaffen geht, dann ist es eh besser, wenn du sie nicht mehr wiedersiehst. Schlaf gut und versuch alles zu vergessen. Andere Mütter haben auch schöne Töchter."

Am nächsten Morgen tranken die beiden wie früher zusammen ihren Morgenkaffee im Büro der Familienrichterin, die eines ihrer Kinder, das sich beim Turnen den Arm gebrochen hatte, versorgen musste. Dabei studierten sie schweigend die Tageszeitungen, die sie sich von der Poststelle geholt hatten. Im Lokalteil der meisten Blätter waren die Morde an Johanna Eder und Franz Niederwimmer nach wie vor ein Thema. Der Polizei wurde darin Untätigkeit unterstellt, wirkungsvoll gegen die immer brutaler werdende Kriminalität in der Stadt vorzugehen. Dass die Ermittlungen in den beiden mittlerweile über drei Monate zurückliegenden Morden keine brauchbaren Ergebnisse brachten, wurde als Beweis für die Unfähigkeit der Exekutive herangezogen. Den Beschwichtigungen des Polizeipräsidenten, dass man auf der richtigen Spur sei und aus Ermittlungstaktischen Gründen keine Informationen an die Öffentlichkeit geben könne, wurde in der Berichterstattung nur eine Randnotiz eingeräumt.

Die größte Aufmerksamkeit erregte das Begräbnis des Vizepräsidenten des Kreisgerichtes. Ronnie und Stefan nahmen zusammen mit der gesamten Belegschaft des Kreisgerichts daran teil. Der Landeshauptmann-Stellvertreter war sogar persönlich gekommen, um seinem Parteifreund, einem großen Sohn der Stadt und einem Menschen voll Pflichtbewusstsein und Engagement im Dienst der Justiz und des staatlichen Gemeinwesens, die letzte Ehre zu erweisen. Als der Herr Pfarrer in seiner Verabschiedung davon sprach, dass Dr. Straka aus dem Leben gerissen wurde, schauten sich nicht nur Ronnie und Stefan verwundert an. Offensichtlich war es doch kein Selbstmord, wie den bisherigen Informationen zufolge vermutet wurde. Das rechtfertigte somit ein Begräbnis in großem kirchlichem Rahmen.

Es war daher nur eine Frage von Stunden, bis auch die Journalisten, welche zum Zeitpunkt der Beerdigung in ihren Redaktionsstuben saßen, davon Wind bekamen und mit zum Teil erfundenen Geschichten darüber berichteten. ‚Vorderstadt wird Mörderstadt', titelte die größte Tageszeitung des Landes am nächsten Tag. ‚Drei Morde in drei Monaten an drei Bürgern von Vorderstadt', diese und andere Meldungen zur Mordserie verdrängten selbst die weltpolitischen Ereignisse, die sich in diesen Tagen auf die DDR richteten, wo tausende Menschen auf die Straßen gingen, um für Freiheit und Demokratie zu demonstrieren, von den Titelseiten. Seit dem erstmaligen Öffnen des Eisernen Vorhangs am ungarisch-österreichischen Grenzübergang vor einem Monat hatten die beiden Länder ihre Visabestimmungen für DDR-Bürger weiter gelockert und dadurch den Druck auf die Regierung im Arbeiter- und Bauernstaat weiter erhöht. Ebenso großen Druck verspürten die Verantwortlichen im Rathaus von Vorderstadt. Das Unbehagen leitete sich von der Art der Berichterstattung in den Medien und der unerwünschten Bekanntheit von Vorderstadt als Ort der Schwerkriminalität ab, schließlich sah man sich als Tourismusstadt, die jährlich über 100.000 Besucher aus aller Welt anzog. Diesen Unmut bekamen sowohl der Leiter der Sicherheitsdirektion als auch die Landeskommandanten von Polizei und Gendarmerie zu spüren, obwohl letztere kompetenzmäßig gar nicht eingreifen konnte.

Chefinspektor Mayrhofer und sein Assistent Gruppeninspektor Wiedonig, die beide für das

Kriminalamt der Landespolizeidirektion arbeiteten, wurden dem Hauptkommissar des kriminalpolizeilichen Diensts im Innenministerium Anton Schachinger unterstellt – eine Maßnahme, die den Fortgang der Untersuchungen nicht wirklich beschleunigte, zumal beide Seiten einander mehr miss- als zutrauten und die lokalen Ermittler sich abgewertet fühlten.

Schachinger, einer der bekanntesten Ermittler der Republik, versuchte vergeblich die Sympathien der beiden Inspektoren zu gewinnen, indem er deren Orts- und Milieukenntnisse als unverzichtbar und entscheidend für ihre Ermittlungserfolge einstufte. Mit seinem Schönbrunner Deutsch und dem hünenhaften Äußeren – er überragte die beiden um mehr als einen Kopf – konnte die Kluft zwischen den Ermittlern nicht größer sein.

Ein Interview des Polizeipräsidenten, der die Zusammenarbeit der lokalen mit der überregionalen Ebene aufs Höchste lobte und darauf hinwies, bald Konkretes berichten zu können, tat sein Übriges, um Druck und Frust beim neu zusammengestellten Dreierteam weiter zu steigern.

Zudem forderte der Gemeinderat ein umfassendes Schutzpaket für mehr Sicherheit in Vorderstadt. Ein darauf abzielender Antrag der kommunistischen Partei forderte den Bürgermeister auf, alle Bordelle der Stadt zu schließen, um so die Unterwelt aus Vorderstadt zu vertreiben. In seiner Antragsbeantwortung führte der Bürgermeister aus, dass sich die Zahl der Etablissements von über 50 nach dem Krieg bereits auf unter zehn verringert hatte, nachdem ein weiteres Lokal Insolvenz anmelden musste. Die Szene sei damit überschau- und kontrollierbar, eine Situation, die nach einer vollständigen Schließung nicht mehr gewährleistet werden könne, da sich vieles in die Illegalität und Privatsphäre verlagern würde, so der Bürgermeister in einem der vielen Interviews, welches er in diesen Tagen gezwungenermaßen geben musste.

Stefan Karoly war überrascht, als drei Ermittler bei ihm im Büro der Familienrichterin auftauchten. Chefinspektor Mayrhofer stellte Kriminalhauptkommissar Schachinger kurz vor und fügte hinzu, dass dieser noch ein paar Fragen im Fall von Dr. Straka habe. Zunächst versuchte Karoly, seine Person noch lässig herunterzuspielen, indem er darauf verwies, schon alles gesagt zu haben und er mit dem Tod von Vizepräsident Straka, ebenso wie jenem von Johanna Eder und Franz Niederwimmer, nicht das Geringste zu tun hätte. Mit den Fakten seiner Anstellung am Kreisgericht und der Intervention Dr. Strakas zu seinen Gunsten konfrontiert, hörte er förmlich, wie sein Herz zu rasen begann. Als Kommissar Schachinger Erpressung als Motiv nannte, schnitt es ihm die Kehle zu.

„Vielleicht wollte sie Dr. Straka nicht mehr decken oder protegieren, mit ihren Vorstrafen. Am besten sie packen aus, Herr Karoly, wir werden ihre Fingerabdrücke, die wir ja reichlich haben, mit jenen am Tatort im Haus von Dr. Straka vergleichen. Da kommt ohnehin alles auf. Sie haben keine Chance, beim Nachschlag, den Sie bekommen werden, steht lebenslänglich drauf. Also sagen Sie die

Wahrheit, mitnehmen tun wir Sie sowieso", setzte Kommissar Schachinger Karoly unter Druck.

Stefan Karoly saß mit gesenktem Kopf am Schreibtisch der Familienrichterin. Er erinnerte sich an den Moment, als er in der Bank von zwei schwer bewaffneten Polizisten abgeholt wurde. Seine Bankkollegen standen fast Spalier, die meisten von ihnen wussten gar nicht, was vorgefallen war. Nur der Direktor der Bank schaute ihn vorwurfsvoll an, die anderen überrascht und mitleidig. Seinen Film, der jetzt im Kopf ablief, durchschnitt das plötzliche Eintreten seines Freundes Ronnie Astlehner, der mit einer lauten Entschuldigung den Raum auch gleich wieder verlassen wollte. Gruppeninspektor Wiedonig forderte ihn aber zum Bleiben auf.

„Vielleicht können ja Sie uns sagen, was Ihr Kollege uns verheimlicht. Wo waren Sie am 19. August? Waren sie da mit dem Herrn Karoly zusammen? Sie sind sehr gute Kollegen wie wir erfahren haben. Sogar nach Italien sind sie zusammen auf einen Kurzurlaub gefahren. Also nochmal, wo sind Sie an diesem Tag gewesen?"

Ronnie Astlehner war völlig perplex, der fragliche Tag war sofort präsent, handelte es sich doch jenen Tag, an dem die Radrundfahrt um den Neusiedlersee stattgefunden hatte. Jener Tag, an dem der Eiserne Vorhang zum ersten Mal auf friedlichem Wege durchschnitten worden war.

„Wir werden alles überprüfen, Inspektor führen sie ihn hinaus."

Der Kommissar ergriff wieder das Wort:

„Herr Karoly, Ihr Alibi, das Ihnen schon mal geholfen hat, fällt jetzt aus. Sie haben es gehört. Das Beste ist, Sie legen jetzt nieder, Sie wissen ja was das heißt. Wie gesagt wir werden Ihre Fingerabdrücke, mit denen am Tatort abgleichen, dann dauert es halt ein bisschen länger, geben Sie auf."

Stefan Karoly hatte in den Jahren seiner Haft vor allem eines gelernt: nicht aufzugeben. Je länger er in die Mangel genommen wurde, umso stärker gewann er wieder an Selbstvertrauen.

„Herr Kommissar, Sie haben recht. Dr. Straka hat mich protegiert, aber soll ich ihn deshalb umbringen? Meine Fingerabdrücke können Sie gerne vergleichen, das haben Sie sicher eh schon getan. Ich versteh sie. Sie brauchen rasch einen Schuldigen. Da käme ich sicher gelegen. Aber Sie wissen genau, dass ich es nicht war. Wenn Sie wollen, dann gebe ich ihnen ein paar Hinweise, die Sie sicher noch nicht haben und die ihnen helfen, den Mörder zu finden."

Kommissar Schachinger, der nur unwesentlich älter war als Stefan Karoly, sah seine Kollegen kurz an. In ihren Augen sah er das Einvernehmen, auf das Angebot näher einzugehen und nachzufragen. „Herr Karoly, was wir an Informationen haben oder nicht haben, das geht Sie gar nichts an. Wir wollen wissen, was Sie wissen. Also nochmals, was wissen Sie in der Sache?"

Karoly erzählte ohne Umschweife von den Drohungen und dem Angriff auf seinen Kollegen, von dessen Affäre, die untergetaucht ist und dass Dr. Straka sich zur Tatzeit im Fall Johanna Eder in Rimini aufgehalten hatte. Mit Dr. Straka hätten sie aber darüber nicht gesprochen und sie hätten es auch nicht vorgehabt, um ihre Karrieren bei Gericht nicht zu gefährden.

Kommissar Schachinger gab Gruppeninspektor Wiedonig die Anweisung, diese Aussagen sofort zu überprüfen und schickte ihn in Astlehners Büro, der immer noch aufgewühlt aus dem Fenster hinaussah. Das laute Klopfen und das energische Öffnen der Tür erschreckten ihn mehr als der Anblick des Polizeibeamten.

„Herr Astlehner, Sie sind im Unterschied zu Herrn Karoly unbescholten, oder?“, eröffnete Wiedonig das Gespräch, „wenn Sie es bleiben wollen, dann erzählen Sie uns bitte jetzt alles, was Sie zusammen mit Herrn Karoly in den Monaten ihres Gerichtsdaseins so gemacht haben.“

Ronnie zögerte nun keinen Moment, mit der Wahrheit herauszurücken. Zu lange war ihm das bisher Geschehene eine Last, die er mit sich herumtrug. Als ihm der Inspektor zusicherte, dass seine Informationen vertraulich behandelt und ausschließlich zu Ermittlungszwecken verwendet würden und es demnach keine Veranlassung gebe, auch seine Dienstvorgesetzten oder gar den Präsidenten des Kreisgerichts darüber zu unterrichten, fühlte er sich geradezu erleichtert: „Was passiert jetzt, Herr Inspektor? Was passiert mit Stefan?“

„Nichts“, entgegnete Wiedonig, „es sei denn, Sie spielen selbst wieder Polizei. Dann passiert Ihnen was. Bleibens bei Ihren Gerichtsakten und überlassen Sie uns die

Arbeit, nehmen Sie das als polizeiliche Verwarnung. Beim nächsten Mal nehmen wir Sie dann mit, verstanden?"
Ronnie Astlehner konnte nicht mehr darauf antworten, eigentlich wollte er sich bedanken, doch da hatte Wiedonig sein Büro schon wieder verlassen.

Schweigen, minutenlang, erst als es ganz ruhig am Gang war, rief Ronnie im Büro seines Freundes an. Nicht sicher, ob auch dessen Verhör bereits zu Ende war. Als dieser nicht abhob, befürchtete er bereits das Schlimmste. In diesem Moment kam Stefan zur Tür herein. Sie schauten sich an, dann war es Stefan, der das Schweigen brach. „Was hast du ihm gesagt? Hoffentlich dasselbe wie ich?"

„Stefan, ich habe ihm die Wahrheit gesagt, und zwar alles. Es ist mir egal, wie das Ganze weitergeht. Nur bitte ohne mich."

„Da bin ich ja erleichtert", gab Stefan zurück. „Wir verstehen uns wirklich schon gut, sie werden jetzt andere Spuren verfolgen."

„Ich wünsch mir das auch. Endlich normal in die Arbeit zu gehen und am Samstag zum Kicken. Und sonst nichts. Werden sie unserem Präsidenten was erzählen? Der Inspektor hat mir versichert, dass er nichts berichten wird?"

„Den Kommissar habe ich gar nicht gefragt, ich glaube es auch nicht", versuchte Stefan seinen Kollegen etwas zu beruhigen.

Die nächsten beiden Wochen verliefen unspektakulär. Ronnie meldete sich turnusmäßig bei seinem nächsten Ausbildungsrichter, der Strafsachen in erster Instanz verhandelte. Dieser deckte ihn mit einem Fall ein, bei dem ein Angestellter eines Würstelstands seinem Chef falsche Abrechnungen vorgelegt hatte.

Der Sachverhalt verlangte ein akribisches Studium der Einkaufslisten sowohl der Getränke als auch der Fleischwaren und sonstigen Lebensmittel, bevor man sich dem eigentlichen Tatbestand der Untreue und den damit zusammenhängenden Beweisfragen widmen konnte.
Stefan Karoly war von der Familienrichterin vorzeitig abgezogen worden, um eine Vakanz im Bereich der Arbeitsgerichtsbarkeit zu füllen.

In ihrer Freizeit trafen sich die beiden wieder häufiger, Samstag nachmittags vornehmlich an der Tankstelle direkt vor dem Einkaufsland. An diesem Männertreff kamen alle vorbei, die entweder niemanden zuhause hatten, dem sie abgingen oder die jemanden zuhause hatten, dem sie nicht abgingen. Zumindest für den Nachmittag nicht. Im Hinterzimmer gab es ein paar Stühle und Bänke rund um einen Tisch, auf dem ein kleiner Camping-Fernseher stand. Im Winter stand Skifahren auf dem Programm, die restliche Zeit entweder Formel 1 oder Fußball.

Der eigentliche Treffpunkt war allerdings im Verkaufsraum an drei Stehtischen vis a vis zum Verkaufspult des Tankwarts. Von diesem Platz hatte man alles im Blick. Die zum Tanken vorfahrenden Autos und ihre Besitzer, wenn diese ihre Tankrechnungen bezahlten. Dabei kam es vor, dass der eine oder andere auch mal eine Runde für den Stammtisch an der Tankstelle – so das Schild auf dem ersten der drei Stehtische – ausgab. Besonders beliebt war ein sehr bekannter Sänger, der mit seinem fahrbaren Untersatz ebenso auffiel, wie mit seinen langen Indianerhaaren. Er nahm sich immer Zeit für ein paar nette Worte oder trank selbst bei der einen oder anderen von ihm spendierten Runde mit. Seine Autogrammkarte hatte der Tankwart, der einer seiner größten Fans war, seitdem sein Idol sensationell Rang fünf beim Grand Prix d'Eurovision belegte, gleich hinter dem Kassenbereich auf eine Pinwand geheftet. Während Ronnie und Stefan den Schilderungen eines älteren Herrn, einem pensionierten Bäckermeister aus Vorderstadt über die abnehmende Brotqualität lauschten, fuhr ein schwarzer Alfa Sud in die Tankstelle ein. „Scharfe Katze", entkam es einem der Stammtischgäste, als eine sehr schlanke und mit ihren optischen Reizen nicht zu übersehende junge Frau dem Auto entstieg, ihre langen Beine und die hohen Stöckelschuhe ließen die Ausführungen in der Runde für einen Moment versiegen.

„Das ist ja Andrea", entkam es Ronnie, der zu ihr hinausstürmen wollte. Stefan hielt ihn zurück. „Bleib da, sei nicht blöd. Du siehst sie steht auf der anderen Seite."

Nachdem Andrea die leere Zigarettenschachtel in die neben der Zapfsäule hängende Abfallstation geworfen hatte, stieg sie wieder ein. Ihr Fahrer war mit dem Tanken schon fertig und am Weg in die Tankstelle, um zu bezahlen. Er bemerkte zunächst weder Ronnie noch Stefan, der sein Gesicht etwas abwendete, um nicht direkt erkannt zu werden. Erst beim Hinausgehen erblickte Mario Pivaric die beiden, wandte sich aber sofort in Richtung seines Wagens, beschleunigte dabei seinen Gang und anschließend auch die

Geschwindigkeit seines Autos noch auf dem Gelände der Tankstelle. Noch ehe jemand etwas sagen konnte, war es Stefan, der sich sofort die Nummer des Wagens notierte: O-888.007 – es war dieselbe Nummer, die der Haumeister in Rimini aufgeschrieben hatte. Stefan bat den Tankwart darum, die Polizei von der Tankstelle aus anrufen zu dürfen. Ohne auf die Fragen der anderen Stammtischgäste einzugehen, forderte er seinen Freund Ronnie auf, draußen zu warten.

Stefan war überrascht den Chefinspektor an einem Samstagnachmittag auf direktem Wege in seiner Polizeistation am Stadtplatz ans Telefon zu bekommen. Ohne Umschweife schilderte er ihm die gerade stattgefundene Begegnung, worauf eine Sofortfahndung nach einem schwarzen Alfa Sud mit dem Kennzeichen O-888.007 im Großraum von Vorderstadt startete.

Als diese zum Abend noch keine Hinweise brachte, wurde das Fahndungsgebiet auf das ganze Land ausgedehnt einschließlich der Grenzübertrittstellen nach Italien und Jugoslawien. Ohne Ergebnis, wie sich in den nächsten Tagen herausstellte. Auch ein Ersuchen an die italienischen Behörden, insbesondere jene an der Grenze und in Rimini brachte keinen Erfolg. Die Spurensicherung konnte lediglich die Fingerabdrücke von Mario Pivaric an der Zapfsäule und jene von Andrea Wagner auf der Zigarettenschachtel sicherstellen. Ebenso festgestellt wurde deren Übereinstimmung mit den in der jeweiligen Strafkartei bereits vorliegenden Daktylogrammen. Der Abgleich mit jenen Fingerabdrücken, die im Hause Strak eruiert werden konnten, brachte jedoch keine weiteren Aufschlüsse. „Wenn Mario Pivaric der gesuchte Täter war, dann muss er Handschuhe benutzt haben“, konnten die Ermittler aufgrund der Fahndungsergebnisse nur Vermutungen anstellen. In jedem Fall hatten sie nun wenigstens eine heiße Spur.

11 LEGIONÄRE

Im Kommissariat ging man mit Hochdruck daran, das private und berufliche Umfeld der beiden Flüchtigen lückenlos aufzuarbeiten. Mario Pivaric, 36, war Serbe, aufgewachsen in einem von überwiegend muslimischen Bosniern bevölkerten Gebiet Jugoslawiens. Mit seinem derzeit inhaftierten Bruder kam er zu Beginn der 1980-er Jahre als Gastarbeiter nach Österreich.

Die erste Zeit waren sie in einem Betonwerk in der Nähe der Landeshauptstadt beschäftigt, dann pachteten sie ein Lokal in Vorderstadt, das zunächst von den jugoslawischen Gastarbeitern, von denen es sehr viele in den metallverarbeitenden Betrieben der Stadt gab, frequentiert wurde. Mehr und mehr wurde das Lokal auch von Einheimischen besucht, was weniger an der gastronomischen Qualität als am Umstand lag, dass zusätzlich zu den kulinarischen Spezialitäten auch junge Balkanschönheiten angeboten wurden.

Das Brüderpaar, das sich der Damenwelt gegenüber oft als Italiener ausgab, verstand sich nicht nur auf das - offiziell als Familiennachzug titulierte - Schlepperwesen, sondern auch darauf, junge Mädchen aus Vorderstadt für ihr Geschäft einzunehmen.

Zwei Vorstrafen wegen Unzucht Minderjähriger und eine leichte Körperverletzung standen im Polizeiakt von Drasko Pivaric. Nötigung, illegaler Waffenbesitz und Widerstand gegen die Staatsgewalt wies die umfangreichere

Speisekarte seines kleinen Bruders Mario aus, der in der Unterwelt nicht nur als Stellvertreter seines Bruders sondern als sehr gewaltbereiter Zeitgenosse bekannt war. Sein zweijähriger Militärdienst als Legionär bei einem Sonderkommando in Banja Luka umfasste eine Ausbildung zum Scharfschützen und eine Spezialisierung auf den Häuser- und Nahkampf, wie er bei einer früheren Vernehmung zu Protokoll gab.

Andrea Wagner war ebenfalls polizeibekannt. Mit mehreren Diebstählen in Supermärkten und illegaler Prostitution machte sie schon in sehr jungen Jahren Bekanntschaft mit Polizei, Jugendamt und Gericht. Zuletzt war sie vor mehr als einem Jahr als Kellnerin in der Sansibar gemeldet.

Seitdem verlor sich ihre Spur. So wie sich jede heiße Spur der Kriminalpolizei nach und nach verlor. Die Ermittler überlegten daher die ihnen nicht immer wohlgesonnenen Zeitungsredakteure um Mithilfe zu ersuchen und Fotos der zur Fahndung ausgeschriebenen Personen abzudrucken. Dazu bedurfte es aber der Freigabe durch den Staatsanwalt und des Polizeipräsidenten, der dieses Mittel nur als Ultima Ratio einsetzte, um den Medien im Falle eines Erfolges diesen nicht gönnen zu müssen.

Außerdem hatten derartige Veröffentlichungen nicht selten zu folgenschweren Verwechslungen geführt, die dann Amtshaftungsansprüche nach sich zogen.

Auch Ronnie und Stefan wunderten sich, nichts in den Zeitungen über die Spur, die sie der Polizei vermittelt hatten, zu lesen. „Anrufen können wir ja schwer“, sagte

Stefan zu Ronnie, nachdem mehr als eine Woche seit ihrem Tankstellen-Besuch vergangen war.

„Ist auch besser so“, antwortete Ronnie, „sonst glauben sie, wir mischen uns weiter ein.“

Sie verabredeten sich für nächsten Samstag zum dritten Heimspiel des SKV in der neuen Bundesligasaison - der ersten nach 30 Jahren. Die Erwartungen waren hoch, die Fans gingen davon aus, dass die Truppe rund um ihren Superstar Boris Kolodin auch die höchste Liga des Landes aufmischen würde. Schließlich hatte er fast im Alleingang für den Wiederaufstieg gesorgt und wurde von allen Trainern der zweithöchsten Spielklasse zum besten Spieler und Legionär der Rückrunde gewählt. Jetzt stand man am Tabellenende mit Null Punkten da. Boris Kolodin blieb weit hinter dem zurück, was er im Frühjahr gezeigt hatte.

Dabei waren die Gegner der ersten Runden allesamt Abstiegskandidaten oder bestenfalls Aspiranten auf einen Mittelfeldplatz gewesen. Es fehlte dem Team an Energie und Spielwitz. Beides sei im Training verloren gegangen, kritisierte Kolodin via Medien seinen neuen Trainer, der sich dessen Undiszipliniertheit nicht gefallen ließ und seinen alternden Spielmacher noch stärker an die Kandare nahm. Ob bei stundenlangen Dauerläufen, kräfteraubenden Bergsprints, er machte keine Ausnahme für Kolodin. Es fehle ihm an der nötigen Aggressivität und Spritzigkeit, waren sich die Fachleute auf den Rängen einig. So wie es der ganzen Mannschaft an Punkten und Toren fehlte. Mit gerade mal zwei Treffern, davon ein Eigentor, war vom fulminanten Angriffsfußball vergangener Tage nichts mehr zu sehen.

Ronnie Astlehner wollte gerade das Büro verlassen, um sich im Vorverkauf Matchkarten zu sichern, schließlich kam niemand geringerer als der österreichische Rekordmeister nach Vorderstadt, als sein Telefon klingelte. Es war die Dame von der Poststelle, die Vermittlung war bereits außer Dienst:

„Eine Frau Andrea für Sie, Herr Magister, Nachnamen hat sie keinen genannt, ich stelle durch."

„Hallo Ronnie, wie geht es dir? Ich habe mir gedacht, ich ruf dich mal an. Ich habe dich nicht vergessen, vielleicht können wir uns ja mal wieder treffen, es war toll mit dir", flötete sie mit lasziver Stimme ins Telefon.

Ronnie war derart überrascht, dass er außer ein „Hallo, danke, wie geht es dir?", nichts hervorbrachte. Noch bevor er sich sammeln konnte, kam sie ihm mit dem Vorschlag, sich am Freitag um 21 Uhr in der einzigen Peepshow der Landeshauptstadt zu treffen.

„Du brauchst nur bei Peep 6 zu läuten, ok? Ich hör um 20 Uhr auf, dann können wir zusammen noch was unternehmen."

„Ja ok, aber sag, warum bist du … " Er kam nicht mehr dazu, die Frage nach ihrem Verschwinden und dem plötzlichen Auftauchen mit ihrem Begleiter im schwarzen Alfa an der Tankstelle zu stellen. Sie hatte bereits aufgelegt. Ein Geräusch, das er von Telefonzellen kannte.

„Ich muss das Stefan sagen, der ist sicher in den Boxclub gefahren", kam es Ronnie in den Sinn. Er überlegte kurz, ob er zuerst die Fußballkarten besorgen sollte, die Trafik schloss in wenigen Minuten. Er verschob dieses Vorhaben auf morgen und ging die wenigen Schritte bis zum Boxclub, der sich gegenüber dem Stadttheater befand, zu Fuß. In dem ehemaligen Postgebäude, dessen Fassade aus der Jugendstilzeit kürzlich neu gestrichen worden war, befanden sich im Erdgeschoss ein Fitnessstudio und eine Videothek. Ein Schild mit der Aufschrift ‚Ring Frei – Boxclub Amateure Vorderstadt' wies den Weg zum Hintereingang und eine Kellerstiege hinunter zu einem schweren Eisentor, auf dem ein Plakat Fitnessbegeisterte und Wettkämpfer für den Boxsport anwarb. Gleich daneben hing ein Poster mit einem furchterregend aussehenden Boxchampion im Schwergewicht, der seinen Titel zum wiederholten Mal verteidigen konnte. Ronnie war noch nie in einem Boxkeller gewesen. Als er die Tür öffnete, erblickte er als erstes zwei Boxringe, die den Raum in seiner gesamten Länge einnahmen. Dahinter hingen mehrere Boxsäcke und Punchingballs in Reih und Glied, an denen sich zwei Jugendliche austobten. Der Keller roch nach Schweiß und Nikotin.

Ronnie ging auf die beiden Jungboxer zu und fragte sie nach Stefan Karoly, auf den Doktor verzichtete er ganz bewusst.

„Ah der Stefano entweder ist er bei der Trainingsbesprechung für heute oder beim Umziehen mit den anderen hinten an der Getränkebar“, deuteten sie zum hinteren Hallenende, wo die Kämpfer sich mit Dehnungsübungen und Schattenboxen warm machten.

„Hey, Ronnie, was machst du denn hier? Willst du auch anfangen?“, begrüßte Stefan seinen Freund und stellte ihn als seinen Berufskollegen am hiesigen Kreisgericht vor. Bevor Ronnie noch etwas antworten konnte, empfahl ihm ein bereits älterer Boxkamerad, vorher das Mascherl abzulegen, sonst könne er nur Ringrichter werden. Während sich die Runde noch darüber lustig machte, nahm Stefan Ronnie zur Seite und ging in Richtung der Umkleidekabinen.

„Was gibt's? Wegen einer Boxkarriere bist du sicher nicht da. Ist was passiert?“ Als Ronnie ihm vom Anruf erzählte, schüttelte er den Kopf. „Da ist sicher was faul“, gab er in einer ersten Reaktion zu bedenken, „wenn sie dich liebt, dann hätte sie sicher nicht gleich aufgelegt.“

„Ja, aber vielleicht hat sie kein Kleingeld mehr gehabt. Der Anruf kam aus einer Telefonzelle.“

„Das ist unwahrscheinlich. Wenn du deine große Liebe nach zwei Monaten wieder mal anrufst, dann wird dir das ein paar Münzen mehr wert sein. Am besten wir gehen mit dieser Information zur Kripo. Das Training schmeiß ich, wir fahren zusammen zum Wachzimmer am Stadtplatz.“

Sie fuhren in Stefan Karolys Citroen CX, der wie eine überlange Sputnik-Rakete in Richtung Stadtplatz schoss, zum Wachzimmer der Stadtwache, das sich in der Mitte des historischen Platzes befand. Von ihrem Aufgabenbereich her hatte die Stadtwache nichts mit kriminalpolizeilichen Aufgaben zu tun. Dass sich das Hauptquartier der kriminalpolizeilichen Sondergruppe, die unter dem Codenamen „Rimini“ ermittelte, direkt über dem Wachzimmer befand, war nur dem Umstand geschuldet, dass sich mittlerweile ein ganzer Stab von Experten der Spurensicherung in Vorderstadt aufhielt und der Platz im Polizeigebäude außerhalb des Stadtzentrums nicht ausreichte.

Der diensthabende Wachebeamte meldete Ronnie und Stefan von seinem Schreibtischtelefon mit stoischer Ruhe und einer für die kurze Entfernung sehr langen Nummer, die er noch dazu in ein Wählscheibentelefon eingab, an. „Sie können raufgehen, ich zeig Ihnen die Stiege“, erhob er sich ebenso langsam wie er telefoniert hatte.

Der Raum, in dem Kommissar Schachinger und Chefinspektor Mayrhofer saßen, roch nach Rauch. Die beiden saßen an zwei gegenüberliegenden Schreibtischen, ein etwas schmälerer Tisch, der eher in ein Vorzimmer passte, war leer. Papierkörbe, die mit Zeitungspapier und Lebensmittelverpackungen gefüllt waren und zwei volle Aschenbecher stachen ins Auge, ebenso wie eine Holzwand, auf der ein Durcheinander von Zetteln, Fotos und Auszügen von Straßenkarten angeheftet war.

„Was führt Sie zu uns, meine Herren?“, fragte Chefinspektor Mayrhofer einigermaßen überrascht, die beiden in seinem Büro auftauchen zu sehen.

„Ich möchte mein Recht am eigenen Bild wahrnehmen“, zeigte Karoly auf die Bilder der drei Toten und der weiteren für die Ermittlungen relevanten Personen, zu denen auch er zählte, „schön, dass Sie mich in ihrer Fotogalerie verewigen."

„Herr Karoly, lassen Sie ihre Sprüche. Solange wir den oder die Täter nicht haben, sind auch Sie in unserem Visier. Wir ermitteln hier in mehreren Mordfällen, falls sie das schon vergessen haben, außerdem ist Ihr Konterfei nicht für die Öffentlichkeit zugänglich, daher können wir Ihr Persönlichkeitsrecht gar nicht verletzen, aber das wissen Sie als Jurist sicher auch. Also warum sind Sie hier?"

„Wegen einem Anruf, aber das wird Ihnen mein Kollege sagen." Ronnie berichtete kurz vom Telefonat. Er sei von seiner Freundin – Stefan Karoly sah ihn plötzlich mit großen Augen an – oder besser Ex-Freundin, angerufen worden, um einander in der Landeshauptstadt zu treffen, genauer gesagt in einer Wohnung direkt über der Peepshow.

„Woher hat die Frau angerufen? Hat sie das gesagt?", wollte Kommissar Schachinger wissen.

„Sie war sehr knapp angebunden. Ich denke es war eine Telefonzelle, weil sie aufgehängt hat, das Geräusch kenn ich sehr gut, auch den Piep danach."

„Ist Ihnen sonst noch was aufgefallen, Geräusche, Stimmen im Hintergrund?"

„Nein, ich war so überrascht und aufgeregt, ich habe nur ihre Stimme wahrgenommen. Bin ich jetzt in Gefahr, es könnte ja eine Falle sein, oder?"

„Herr Astlehner, ab jetzt sind Sie ganz sicher. Wir werden Ihnen Personenschutz angedeihen lassen", machte

Kommissar Schachinger dazu eine kurze Notiz auf dem vor ihm liegenden Zettelblock.

„Gilt das auch für mich?“, mischte sich Karoly etwas verschmitzt ein.

„Nein für Sie nicht, Sie können sich ja sehr gut verteidigen, wie man in Ihrem Vorstrafenregister ja eindrucksvoll nachlesen kann“, hob Schachinger seinen Zeigefinger in Karolys Richtung, „aber sollten Sie beide gemeinsam unterwegs sein, dann observieren und beschützen wir Sie mit, Herr Karoly. So großzügig sind wir zu Ihnen. Sie brauchen sich nicht zu bedanken, das geht auf Staatskosten, so wie Ihr früherer Langzeitaufenthalt in der schönen Wachau“, legte der Kommissar jetzt süffisant nach.

„Für uns sind Sie - Herr Astlehner - wichtig. Der Lockvogel geht davon aus, dass Sie am Donnerstag zum vereinbarten Zeitpunkt bei ihm vorbeischauen. Das werden wir aber gemeinsam arrangieren. Halten Sie sich zu unserer Verfügung. Pardon, wir wissen ohnehin über jeden Ihrer Schritte Bescheid – wir kommen auf Sie zu“, gab der Chefinspektor die weitere Vorgangsweise vor, „ja - und kein Sterbenswörtchen zu irgendwem, verstehen wir uns.“

„Sicher Herr Inspektor. Sie werden unseren Arbeitgeber auch nicht verständigen, oder?“, hakte Karoly nochmals ein. Nachdem die beiden Kriminalbeamten diese Frage mit einem synchronen Kopfschütteln verneinten, wünschten sie sich gegenseitig einen schönen Abend.

Stefan und Ronnie gingen über den Stadtplatz, die Cafes und Lokale machten bereits zu. Für Stefan war das eine willkommene Gelegenheit, den Abend in der Sansibar zu beschließen. Ronnie kam ihm zuvor, indem er eine Einladung in das neu eröffnete Buffet des SK Vorderstadt aussprach, um sich Matchkarten für den Rekordmeister zu besorgen. Mit dem eigenen Lokal direkt am Vereinsgelände, das an Trainingstagen länger als sonst geöffnet hatte, erhielt die Fangemeinschaft des SKV ihren langersehnten Treffpunkt.

Obwohl sich der SK Vorderstadt damit den Unmut der Innenstadtgastronomie, die ebenfalls von mehreren Fanclubs frequentiert wurde, zuzog, fand sich doch ein Gastwirt aus dem lokalen Umfeld als Pächter. Zusätzlich konnte ein Sponsor aus dem Bereich der Abfallentsorgung als Finanzier des Lokals gewonnen werden ebenso wie mehrere kleine Handwerksbetriebe helfend bei Einrichtung und Ausstattung einsprangen. Ein vom Fanclub finanziertes TV-Gerät mit Videorekorder zeigte Aufzeichnungen der letzten Partien, sodass auch an spielfreien Tagen Fußballstimmung herrschte. Optisches Herzstück des Fantreffs war die zuletzt errungene Meistertrophäe in der zweiten Liga, die in einer eigenen Vitrine zusammen mit einem Ball, auf dem sich alle Kicker der Meistermannschaft mit ihrer Unterschrift verewigt hatten, aufbewahrt wurde. Über der Meisterschale hing ein Trikot von Boris Kolodin, der sich allerdings bisher noch nie im neuen Vereinslokal blicken ließ. Ob es an seiner schlechten Form oder an der zunehmenden Ungeduld der Fans mit ihrem Idol lag, darüber gingen die Meinungen ebenso auseinander wie über den weiteren Verlauf der Saison.

Ronnie grüßte beim Eintreten die wenigen Gäste, die sich an der Bar dem Bier- und Nikotinkonsum hingaben. Persönliches wurde kaum besprochen, denn die Gemeinsamkeiten beschränkten sich auf Fußball, meist auf das letzte oder das nächste Match der Rot-Weißen. Ronnie und Stefan setzten sich daher bewusst an einen der Tische im hinteren Teil des Lokals, um sich ungestört unterhalten zu können. Lediglich das elektronische Geräusch der beiden Glückspielautomaten im Lokal und das Einwerfen des Münzgeldes riss ihre zusammengesteckten Köpfe von Zeit zu Zeit aus der Diskussion über die bevorstehende Operation „Endspiel“, so der polizeiinterne Code für die nächsten Schritte.

12 ENDSPIEL

Unruhig und unkonzentriert versah Ronnie Astlehner seinen Dienst bis zu jenem Tag, an dem die polizeiliche Sondergruppe Rimini - benannt nach dem Ort, der alle drei Opfer mit ihrem mutmaßlichen Mörder verband - die Operation Endspiel starten sollte. Bei der Anfahrt zum vereinbarten Ort kamen Ronnie die Worte seines Kollegen in den Sinn, der ihn mit einigen Tipps versorgt hatte: „Spiel nicht den Helden und mach, was die Polizei dir sagt“, gab ihm Stefan beim gemeinsamen Bier im SKV-Vereinslokal mit.

Den Anweisungen von Kommissar Schachinger zufolge sollte Ronnie seinen Wagen um 20:50 vis a vis vor der Peepshow abstellen. Er solle auf jeden Fall in seinem Auto noch bis kurz vor 21 Uhr sitzenbleiben und dann auf ein Zeichen der beiden Kommissare über die Straße gehen, um bei Nummer 6 anzuläuten. In die weiteren Details der Operation wurde er nicht eingeweiht. Eine Spezialeinheit hatte bereits zwei Stunden zuvor Aufstellung genommen. Mehrere Polizisten in Zivil waren in der Peepshow, wo ein junger Student an der Kasse die Kunden – meist ältere Männer, die ihren Ehefrauen daheim wichtige Erledigungen vortäuschten – mit Münzgeld versorgte. Auf den umliegenden Dächern und Balkonen waren Scharfschützen postiert, um gegebenenfalls eingreifen zu können. Kommissar Schachinger und Chefinspektor Mayrhofer standen wie unbeteiligte Passanten direkt an der

Bushaltestelle vor einem Blumengeschäft im Nachbargebäude der Peepshow und hielten so Blickkontakt zu Ronnie, der im Wagen auf der gegenüberliegenden Seite wartete. Auf ihr Kommando, das Kommissar Schachinger mit dem Anzünden einer Zigarette gab, läutete Ronnie beim Türschild Peep 6. Zunächst tat sich nichts, dann hörte er, wie die Sprechanlage betätigt wurde. Noch bevor er selbst einen Ton vernahm, kündigte er vor lauter Nervosität sofort sein Kommen an. „Hallo Andrea, ich bin's der Ronnie."

Als sich die Tür öffnete, schlichen die beiden Kommissare lautlos hinter Ronnie in das Gebäude. Die Tür zur Nummer 6 war einen Spalt geöffnet war. Ronnie wurde von den beiden zur Seite gedrängt, mit ihren Pistolen im Anschlag stürmten sie in die Wohnung, in der Andrea sichtlich erschrocken, ihren pinkfarbenen Bademantel über das bisschen Berufsbekleidung, dass sie anhatte, warf. Die beiden Kommissare nahmen Bad, Küche und Balkon ins Visier, ohne Ergebnis.

„Mario ist schon längst fort – wenn sie den suchen. Er hat sich gewundert, warum so viele Kieberer auf einmal in der Peepshow zu Besuch sind, hat er mir gesagt."

Auf die Frage, wann dies gewesen sei, antwortete Andrea: „Vor etwa eineinhalb Stunden." Wohin er gefahren sei, könne sie nicht sagen.

Chefinspektor Mayrhofer leitete eine Sofortfahndung mit höchster Warn- und Prioritätsstufe ein. Seine Anweisung an die Einsatzkräfte, eine Eskalation in jedem Fall zu vermeiden, da die zur Fahndung freigegebene Person gewaltbereit und möglicherweise bewaffnet sei, gab er gleich mehrmals per Funk an alle Beteiligten durch. Für Ronnie war der Abend zu Ende. Er wartete eine gute halbe Stunde in seinem Auto. Erst als er Andrea mit den beiden Kommissaren in den Einsatzwagen steigen sah, fuhr er los. Sie hatte sein Auto nicht bemerkt, obwohl es fast gegenüberstand. „Vielleicht wollte sie das auch gar nicht", dachte er beim Umdrehen des Zündschlüssels.

Er fuhr stadtauswärts und schaltete das Radio ein. Es war der 9. November 1989 kurz nach 22 Uhr. Die Nachrichten verkündeten den Fall der Berliner Mauer. Der Zentralsekretär der Regierungspartei SED gab in einer allgemeinen Verwirrung bezüglich der Ausreise aus der DDR zur Überraschung aller an, dass die Grenzübertrittstellen sofort und unverzüglich geöffnet werden. Was dann geschah, sollte in die Geschichtsbücher eingehen: Hunderttausende Ostberliner strömten zu den Grenzübergängen, um den Weg in die Freiheit zu gehen. Ein Reporter berichtete mit aufgeregter Stimme über das Geschehen an der Mauer, die von Tausenden bestiegen wurde, um auf der anderen Seite mit Begeisterung empfangen zu werden. Die gefürchteten Einsatzkräfte der DDR-Staatsicherheit und Volkspolizei würden angesichts der Menschenmassen dem Exodus geradezu ohnmächtig gegenüberstehen, so der Reporter. Er schloss seinen Bericht mit den emotionalen Worten, soeben das Wunder von Berlin miterleben zu dürfen.

In seiner ohnehin aufgewühlten Stimmung bekam Ronnie ob der weltpolitischen Ereignisse an diesem Abend eine Gänsehaut. Er drehte das Autoradio lauter, die Musikredaktion wählte passenderweise den Song ‚Wind of Change' von den Scorpions. Auf halbem Weg nach Vorderstadt lag das Haus seiner Eltern. Die Sehnsucht nach Vertrautheit und Sicherheit beschleunigten seinen Beschluss, heute zuhause zu übernachten.

Am nächsten Tag erschien Ronnie erst spät an seinem Arbeitsplatz. Seine Mutter hatte ihm spätabends noch die Nudelsuppe vom Tag aufgewärmt. Sie hatte von den politischen Ereignissen der letzten Stunden ebenso wenig mitbekommen wie von den Verstrickungen ihres Sohnes in eine der spektakulärsten Mordserien des Landes. Nach einem unruhigen und erst in den Morgenstunden einsetzenden tieferen Schlaf öffnete Ronnie später als sonst erst gegen zehn Uhr seine Bürotür, auf der ein Zettel angebracht war, er möge sich mit der Personalabteilung in Verbindung setzen.

Ihm schwante Böses, als er zum Hörer griff. „Wahrscheinlich werden sie mich jetzt endgültig aus dem Gerichtsdienst entlassen, nach all dem, was geschehen ist" befürchtete er. Die freundliche Kollegin vom Personalbüro die ihm beim täglichen Gang in die Kantine schon öfter aufgefallen war, erklärte ihm, dass er dem Ende seines Gerichtsjahres entgegensehend bitte noch den Resturlaub konsumieren möge, da dieser nicht ausbezahlt werden könne.

Erleichtert legte Ronnie den Hörer wieder auf. Er beschloss in seine Dienstwohnung hinunterzugehen, um sich einen Kaffee zu machen. Sicher würde Stefan schon darauf warten, dass er ihm über das Geschehen vom Vortag berichtete. Daher machte er einen kurzen Umweg über das Büro von Dr. Stöffelbauer, der kurzfristig seine Räumlichkeiten mit Karoly teilen musste, nachdem Karolys Praktikantenzimmer einem Aushilfsrichter aus der ältesten Stadt des Landes zugeteilt wurde.

Leise klopfte Ronnie an die Tür, um festzustellen, dass beide nicht anwesend waren. Wahrscheinlich sind sie in einer Verhandlung, dachte er, weil sich die Arbeitsgerichtsprozesse aufgrund des starken Engagements der Gewerkschaft für ihre Mitglieder in letzter Zeit vervielfacht hatten. Ein Klopfen auf seine Schulter ließ ihn erschrocken hochfahren.

„Stefan, bitte mach das nicht, ich habe schon genug Stress und Adrenalin produziert. Komm mit nach unten, wenn du wissen willst, was passiert ist."

Ronnie sperrte vorsichtig die Tür seiner Wohnung auf. Anders wie sonst trat er langsam ein, um festzustellen, dass alles wie immer war.

„Nach alldem was vorgefallen ist, bin ich schon übervorsichtig."

„Das brauchst du aber nicht mehr sein, Ronnie. Das Ganze ist vorbei. Der Mario Pivaric ist tot. Er ist mit seinem Alfa in die Enns gestürzt. Er hat bei einer Baustelle knapp vor der Ennsbrücke auf der A1 die Kontrolle über seinen Wagen verloren. Dürfte viel zu schnell gefahren sein. Hat eine Baustellenabsperrung durchbrochen und ist zehn Meter tief in die Enns gestürzt. Sie haben ihn heute morgen tot geborgen. Interessant ist, dass es keine Bremsspuren gegeben haben soll. Im Wagen haben sie ein Scharfschützengewehr Kaliber 8,6 mm gefunden, das erklärt alles. Ich hätte es mir denken können, wenn man die ganze Geschichte rekapituliert. In jedem Fall droht dir jetzt keine Gefahr mehr", versicherte ihm sein Freund mit ernster Miene.

„Wahnsinn Stefan und woher weißt du das alles?"

„Ein Streifenpolizist, der mit mir zusammen im Boxclub ist, hat es mir heute morgen erzählt. Ich habe mir in der Trafik die neueste Ausgabe des österreichischen Erotikmagazins gekauft, er seine Zigaretten, weil er gerade vom Nachtdienst gekommen ist. Heut um elf Uhr wird es eine Pressekonferenz mit dem Polizeipräsidenten geben. Da wird alles offiziell verkündet."

Ronnie kippte das Fenster einen Spalt, um frische Luft in seine Dienstwohnung zu lassen. Er kramte die Kaffeefilter heraus und setzte die Kaffeemaschine in Gang.

„Willst du was dazu, Stefan? Mannerschnitten habe ich noch."

„Nein Ronnie, lass gut sein. Bitte nur schwarz mit Zucker."

Sie saßen eine Zeitlang schweigend auf der Ausziehcouch. Dann erzählte Ronnie vom Polizeieinsatz des gestrigen Abends, der wie ein Film nochmals vor ihm ablief. Auch die Nachrichten vom Mauerfall konnte er noch nicht verarbeiten, in seinem unruhigen Schlaf hatten sich die Ereignisse vermischt.

„Hast du gehört, dass die Berliner Mauer gefallen ist? Das haben sie heute auch in den Nachrichten gebracht. Die Leute aus der DDR sind zu Tausenden nach Westberlin. Ein Wahnsinn, hätte man niemals für möglich gehalten, oder? Als nächstes kommt vielleicht die Tschechoslowakei dran, dann fällt auch der Eiserne Vorhang zu uns."

„Ja ich habe es gehört. Ich bin genauso weg wie du. Das, was wir jetzt erleben, das können wir unseren Kindern und Enkeln erzählen, sofern wir welche haben werden."

Sie tranken ihren Kaffee und beschlossen, die wenigen Stunden bis Dienstende – am Freitag immer um 13.30 – in ihren Büros zu verbringen. Das Wochenende versprach nochmals gutes Wetter, für Ronnie die Gelegenheit, ein letztes Mal in diesem Jahr sein Rennrad zu besteigen.

Der darauffolgende Montag sollte die vorletzte Woche ihres Praktikantendaseins einleiten. Am späten Vormittag rief Frau Wurbalek an, Ronnie möge zusammen mit Stefan Karoly um zwölf Uhr in das Büro von Präsident Dr. Pretterebener kommen. Einen Grund nannte sie nicht, aber das war bei ihr auch nicht zu erwarten.

„Der Herr Stadtpolizeikommandant ist beim Herrn Präsidenten, da müssen Sie sich bitte gedulden", forderte sie die beiden auf, auf den Stühlen des zweiten Schreibtisches, der im Sommer für die Ferialpraktikanten vorgesehen war, Platz zu nehmen.

Stefan Karoly überflog die Schlagzeilen der auf dem Tisch liegenden Zeitungen. ‚Berliner Mauer gefallen – Deutschland vor Wiedervereinigung' berichtete die auflagenstärkste Tageszeitung des Landes in großen Lettern mit dem Bild tausender Menschen am Brandenburger Tor. Etwas kleiner, aber nicht weniger auffällig verwies eine Schlagzeile ‚Serienmörder rast in den Tod' auf den Lokalteil. Darin wurde ausführlich der gesamte Unfallhergang geschildert, der auf überhöhte Geschwindigkeit und mangelnde Kontrolle über das Fahrzeug zurückzuführen war. Dazu zeigte man ein Foto vom schwarzen Alfa, wie er von der Feuerwehr aus der Enns geborgen wurde. Als mögliche Ursache führte der Artikel eine großangelegte Polizeirazzia in einem Nachtlokal der Landeshauptstadt an, der sich Mario P. zu entziehen versuchte. Beim Unfallopfer handle es sich um den mutmaßlichen Serienmörder von Vorderstadt, der als Elferkiller die Stadt in Angst und Schrecken versetzt hatte, verwies der Bericht auf gut informierte Quellen im Vorderstädter Polizeiapparat. Offensichtlich waren manche Medienvertreter bestens mit der Exekutive vernetzt, dachte Stefan Karoly.

Noch ehe er etwas zu Ronnie sagen konnte, wurden sie schneller als erwartet in das Büro des Kreisgerichtspräsidenten gebeten. Dr. Pretterebner schüttelte den beiden mit freundlicher Miene die Hand, stellte den Stadtpolizeikommandanten vor, um dann gleich zur Sache zu kommen. „Sie können sich sicher vorstellen meine Herren, warum wir sie zu uns gebeten haben", leitete Dr. Pretterebner das Zusammentreffen ein.

Ronnie spürte, wie seine Gesichtsfarbe in der Erwartung aufgrund der Vorfälle in der Vergangenheit nicht mehr länger als Rechtspraktikant tragbar zu sein oder ein wenig förderliches Dienstzeugnis zu erhalten, wechselte.
Während Ronnie sich darauf gefasst machte, war es Stefan, der mit den Worten:

„Eigentlich nicht wirklich, wahrscheinlich weil unsere Gerichtspraxis zu Ende geht", in die Offensive ging und dies demonstrativ mit einem Achselzucken noch verstärkte.

„Wir haben von den Ermittlern in der Mordserie, die unsere Stadt so lange in Atem gehalten hat, die erfreuliche Nachricht erhalten, dass der mutmaßliche Mörder – wenn auch tot – gefasst werden konnte. Wie Sie sicherlich wissen, haben die Medien am Sonntag ausführlich über die Pressekonferenz des Herrn Bundespolizeikommandanten in Vertretung des Herrn Innenministers und des Herrn Stadtpolizeikommandanten berichtet. Das ist ein großer Erfolg unserer Exekutive, zu dem ich Ihnen - werter Herr Major Heller als verantwortlicher Stadtpolizeikommandant - sehr herzlich gratuliere."

Sichtlich erleichtert nahm Major Heller die Gratulation entgegen.

„Ja, werter Herr Präsident, das war in der Tat eine großartige Ermittlungsleistung unserer Spezialeinheit unter der Leitung von Kommissar Schachinger, zusammen mit Chefinspektor Mayrhofer und Gruppeninspektor

Wiedonig, die mit ihren Leuten an die Grenzen ihrer Einsatzbereitschaft gegangen sind. Ich möchte aber nicht verhehlen – weil es mir so berichtet worden ist – dass Mag. Astlehner und Dr. Karoly durch ihr kluges und rasches Handeln wesentlichen Anteil an diesem Erfolg haben. Es ist schön zu sehen, dass in diesem Fall die Zusammenarbeit von Exekutive und Judikative so perfekt funktioniert hat. Daher gebührt auch ihnen beiden unser besonderer Dank."

Ronnie Astlehner wechselte abermals seine Gesichtsfarbe, so wie immer, wenn ihm jemand ein Kompliment machte. Diesmal aber mit einem guten Gefühl im Bauch. Stefan Karoly lächelte ihn anerkennend an.

„Meine Herren, ich denke, darauf können wir gemeinsam anstoßen! Was möchten Sie trinken?", wandte sich der Präsident zunächst an den Polizeikommandanten. „Aber bitte Herr Präsident, machen Sie sich keine Umstände, ich bin im Dienst", griff der Polizeikommandant die Einladung mit Augenzwinkern auf.

„Ich auch", erwiderte Dr. Pretterebner, „heute können wir aber eine Ausnahme machen, oder? Herr Karoly, mir wurde gesagt, dass sie einem Glas Whisky nicht abgeneigt sind, wenn sie und ihr Kollege in der Mittagspause sind. Wir haben jetzt zwölf Uhr, das würde doch passen, Herr Karoly?"

Ehe Stefan Karoly antworten konnte, begab sich der ehrenwerte Herr Präsident zu einem Bücherschrank, um einen Buchdeckel herauszuziehen und so den Blick auf einen Jonny Walker Black Label freizugeben.

„Bitte bringen Sie uns vier Whisky-Gläser und ein bisschen Eis“, orderte er durch seine Lautsprecheranlage im Sekretariat. Fast zeitgleich kam auch schon Frau Wurbalek mit dem Gewünschten zur Tür herein. Zu einem „Bitte sehr, die Herren“ konnte man ein kleines Lächeln auf ihren schmalen Lippen erkennen, was die Besonderheit dieses Moments für Ronnie und Stefan noch verstärkte.

„Lassen Sie uns auf den gemeinsamen Erfolg anstoßen auch mit bestem Dank an Sie beide“, prostete er zuerst in Richtung seiner Praktikanten, um dann mit Major Heller erfreut anzustoßen.

„Als Dankeschön“, fuhr Dr. Pretterebner fort, „bieten wir Ihnen, Herr Magister Astlehner, die Möglichkeit die Richteramtsanwärterprüfung abzulegen, falls Sie länger bei uns bleiben möchten. Ich habe das Recht, in jedem Jahrgang zwei Kandidaten zu nominieren. Neben dem Herrn Mag. Wiesner, der wirklich ein brillanter Zivilrechtler ist, würden wir auch Ihr Dienstverhältnis weiterverlängern.“

Noch bevor Ronnie etwas sagen konnte, schüttelten Dr. Pretterebner und Major Heller ihm die Hand, um sich sodann Stefan Karoly zuzuwenden.

„Herr Dr. Karoly, auch Ihnen möchten wir Dank sagen, Sie sind jetzt am richtigen Weg, um es so zu formulieren. Eine ähnliche Laufbahn wie Herrn Magister Astlehner können wir Ihnen zwar nicht offerieren – Sie kennen die Auflagen in ihrem Zulassungsbescheid zum Gerichtspraktikum – aber ein gutes Dienstzeugnis kann für Ihren weiteren beruflichen Weg nie schaden. Vielen Dank an Sie beide, auch im Namen unseres Bürgermeisters. Meine Sekretärin wird nun alles weitere veranlassen", leerte Dr. Pretterebner sein Glas in einem weiteren Zug. So geehrt sich Ronnie und sein Freund auch fühlten, so rasch tranken sie ihre Gläser aus, um sich händeschüttelnd und dankbar aus dem Büro des Präsidenten zu verabschieden.

Mit einem wunderschönen Tag an Frau Wurbalek ging Stefan Karoly durch die Bürotür hinaus auf den Gang, Ronnie folgte ihm mit leichtem Kopfnicken.

Sie gingen nicht wie sonst üblich in ihre Büros, sondern nach unten in Ronnies Dienstwohnung, die wegen des nahenden Endes seiner Gerichtspraxis bereits geputzt und zusammengeräumt war.

„Hey, Ronnie, das ist ein Wahnsinn. Das hätten wir nicht einmal mit viel Arbeit geschafft, oder?"

„Zum Arbeiten sind wir ja gar nicht so richtig gekommen, damit habe ich beim besten Willen nicht gerechnet, dass ich nach alldem noch verlängert werde. Zwei Bier habe ich noch im Kühlschrank, es ist noch Mittag und ein ganz besonderer Tag. Und du darfst ausnahmsweise auch rauchen, obwohl du dich eh nie an meine Vorgaben gehalten hast."

Ronnie holte die Zeitungen vom Wochenende wieder aus dem Papierkorb. „Die werde ich aufheben, als Andenken, was meinst du, Stefan?"

„Mach das Ronnie, immerhin ist die DDR zusammengebrochen und die Mauer gefallen. Mir gibst du bitte das Bezirksblatt", riss Stefan die Seite sechs aus dem

Kleinformat, das ausführlich über den Tod des Elferkillers berichtete.

Sie verabredeten sich für den kommenden Mittwoch zu einem Abschiedsessen beim Wirt am Spitz. Stefan willigte ein, das entscheidende Match Österreichs in der WM-Qualifikation für Italien in Ronnies Dienstwohnung zu verfolgen. Es sollte der letzte Abend werden, danach war ihre gemeinsame Zeit bei Gericht vorbei. Nach einem opulenten Abendessen, zu dem Stefan einlud, fuhren sie zurück zum Kreisgericht. Ronnie hatte seine wenigen persönlichen Sachen in zwei Umzugsschachteln gepackt und sich mit Bier und Knabbergebäck eingedeckt. Auch der eiserne Aschenbecher für die Zigarren seines Freundes stand noch am Tisch. Es war alles angerichtet für einen großen Fußballabend, den die Schicksalsgöttin Fortuna mit der Auslosung und dem Spielplan herbeigeführt hatte.

Österreich war in eine Gruppe mit der Sowjetunion und der DDR gelost worden, so als ob die weltpolitischen Ereignisse auch in sportlicher Hinsicht begleitet werden sollten. Komplettiert wurde die Gruppe durch die Türkei und Island.

Für Österreich - vor der letzten Runde nur auf dem vierten Platz liegend - ging es um alles oder nichts. Das Spiel gegen die DDR musste gewonnen werden und parallel dazu durfte die Türkei in der Sowjetunion nicht punkten. Nur in diesem Fall würde es für Platz zwei und die Qualifikation für die WM reichen. Ein echtes Endspiel für die rot-weiß-rote Elf, die -ob ihrer Spiel- und Abschlussschwäche - zuvor viel Kritik einstecken musste. Auf der anderen Seite war die Sowjetunion bereits qualifiziert und daher schwer einzuschätzen, ob sie ihre letzte Aufgabe in der Qualifikation tatsächlich ernst nehmen würde. Die DDR-Kicker, die sechs Tage nach dem Zusammenbruch ihrer Volksrepublik einlaufen mussten, waren das noch größere Fragezeichen.

Ronnie versuchte die Bedeutung dieses Abends für die heimische Fußballwelt auch seinem Freund zu vermitteln, der es sich auf der Couch mit einer Dose Bier und einem Krummen Hund gemütlich machte. Der Verlauf des Spieles übertraf Ronnies Erwartungen und selbst Stefan konnte sich der Dramaturgie dieses Abends nicht entziehen. Der schnellen Führung folgte eine Elfmeterentscheidung für Österreich, die zum 2:0 führte. Sicher und lässig versenkte der bei Spielbeginn noch ausgepfiffene Mittelstürmer der Heimelf das runde Leder im gegnerischen Tor. Im Gegenzug bekam die DDR einen Elfmeter zugesprochen. Als Österreichs Torhüter den Elfmeter unter der tosenden Begeisterung der 60.000 im Stadion parierte, fielen sich Ronnie und Stefan um den Hals. Das 3:0 nach der Pause und die Einblendung des Sieges der Sowjetunion gegen die Türkei machten die Glückseligkeit komplett. „Wieder einmal hat ein Elferkiller zugeschlagen, diesmal in rein sportlichem Sinn", resümierte Ronnie das soeben geschehene Fußballwunder.

Als die Live-Übertragung auf sehr abrupte Weise beendet wurde – keiner der Fußballhelden wollte aufgrund der Schmähungen und Kritik der letzten Wochen dem

Staatsfernsehen ein Interview geben - ließ Ronnie noch die Abendnachrichten weiterlaufen. Sie zeigten Bilder vom Wenzelsplatz in Prag und von Versammlungen im Preßburg, bei denen zigtausende Menschen für Freiheit und Demokratie nach dem Vorbild ihrer Brüder und Schwestern in der DDR gegen die Obrigkeit demonstrierten. Der Reporter schilderte mit tief bewegter Stimme die angespannte Situation und erinnerte an die blutige Niederschlagung des Prager Frühlings durch das Sowjetregime im Jahre 1969. Er sprach von der nächsten weltpolitischen Sensation, die sich bei unserem nördlichen Nachbarn anzubahnen schien. Ronnie und Stefan zog der Bericht dermaßen in den Bann, dass sie in ihrer ohnehin sehr ausgelassenen Stimmung beschlossen, zum Abschluss ihres Gerichtsjahres nochmals eine Reise, diesmal nach Budweis zu unternehmen.

13 NACHSPIELZEIT

So spontan der Entschluss gefasst war, selbst Teil der großen politischen Umwälzungen dieser Tage zu werden, die Umsetzung dieses Vorhabens gestaltete sich mühsam und schwierig. Zunächst musste ein Visum für die Einreise in der CSSR beantragt werden. Nach Angaben der Botschaft würde dieser Formalakt mindestens zwei Wochen benötigen. Beim Zweck ihres Besuches konnten sie kaum die Teilnahme an einer Revolution angeben. Rein touristische Reisen waren nicht vorgesehen auf dem Formular, sodass sie sich schließlich auf Kondolenzbesuche bei Angehörigen des verstorbenen Dr. Straka in Budweis und Kaplitz einigten. Das Totenbild und die Pate, des im ehemaligen Deutschböhmen geborenen Ludek Straka, der in Österreich eine Namensänderung auf Ludwig Straka hatte vornehmen lassen, schlossen sie den Visaanträgen bei. Als Verwandtschaftsverhältnis zu Dr. Straka gaben sie Cousin und Großcousin an. Zu ihrer Überraschung konnten sie sich die Visa samt einem Informationsschreiben über die Bedingungen der Ein- und Ausreise bereits eine Woche nach ihrer Antragstellung bei der Botschaft der CSSR in Wien abholen. Möglicherweise waren es die angegebenen Kondolenzbesuche, die das Ansuchen beschleunigten. Karoly nahm sich für die Fahrt nach Wien extra dienstfrei. Er hätte sowieso noch etwas zu regeln, gab er sich auf Nachfrage sehr zurückhaltend.

Ronnie dachte sich seinen Teil, die Bundeshauptstadt war für Verlockungen aller Art bekannt.

Es war ein Freitag, genau ein Monat vor Weihnachten, als sie Richtung Norden aufbrachen. Diesmal fuhren sie mit Stefans Auto, das wesentlich älter und damit im Falle eines Diebstahles oder Unfalls weniger Schaden verursachen würde, nahm Ronnie diesmal seinen Freund in die Pflicht. Auf der Fahrt pries Stefan die Vorteile seines Wagens, der vor einigen Jahren als schnellster Diesel-PKW der Welt galt. „Eine echte Präsidentenkutsche ist der Citroen CX, der sich auch im Fuhrpark des gerade gestürzten DDR-Staatspräsidenten Honecker befindet", wies er auf weitere Vorzüge wie die Servolenkung und den geringen Luftwiderstand hin.

Über Bundes- und Landesstrassen ging es zunächst an die Grenze. Stefan hatte Ronnie, der mit Ausnahme seiner kurzzeitigen Grenzüberquerung beim sommerlichen See-Radmarathon nach Ungarn noch nie in ein Ostblockland gereist war, über die wichtigsten Verhaltensregeln in punkto Grenzkontrollen aufgeklärt. Vorsorglich warfen sie die Tageszeitungen einige Kilometer vor der Grenze an einer Tankstelle weg, da diese ohnehin konfisziert würden, wie Stefan bei früheren Reisen nach Ostberlin erfahren hatte. Ein weiterer heikler Punkt betraf die Einfuhr von Bargeld. Maximal 600 Kronen durften mitgenommen werden. Kurz nachdem sie die österreichischen Grenzer freundlich durchgewunken hatten, kam bereits eine Wechselstube – ein unscheinbarer Beton-Kiosk mit einer Tür und einem kleinen Fenster, bei dem Valuten getauscht werden konnten. Stefan und Ronnie ließen sich die Wechselbestätigungen aushändigen. Anschließend fuhren sie in Richtung Grenzübertrittsstelle, die von schwer bewaffneten Grenzpolizisten und Soldaten streng bewacht wurde. Stefan mutmaßte, dass es sich bei der Bewaffnung um sowjetische Kalaschnikoffs handle, eine Diskussion darüber wollte er nicht beginnen. Während sie den Grenzpolizisten ihre Pässe samt Visa aushändigten, kamen mehrere Uniformierte zum Fahrzeug und veranlassten die beiden zum Aussteigen.

„Das sind die Zöllner, die schauen, ob wir was schmuggeln wollen“, klärte Stefan seinen Freund auf. „Was wäre das zum Beispiel?“, gab Ronnie etwas verunsichert zurück.

„Besonders beliebt sind Pocketkameras, die gibt es im Osten nicht oder Spitzenunterwäsche, halterlose Strümpfe von Palmers oder einfach nur Westgeld.“

Die Zöllner fanden keine dieser begehrten Schmuggelwaren in Karolys Wagen, obwohl sie sogar eine Türverkleidung abnahmen und jede Ritze im Inneren und im Motorraum durchsuchten. Dementsprechend lange gestaltete sich der Grenzaufenthalt der beiden. Als Ronnie bereits an der Sinnhaftigkeit ihres Ausflugs zu zweifeln begann, erhielten sie ihre Papiere zurück. Mit einem Dekuji und Dobry Den verabschiedete sich Karoly und bretterte mit seinem luftgefederten Franzosen in Richtung Ceske Budejovice. Die Luftfederung war jetzt Goldes wert, da die plattenförmigen Betonteile der Straße lediglich von schwarzen Bitumenschwellen zusammengehalten wurden, um auch schweren Fahrzeugen wie Panzern oder Militärtransporten standzuhalten.

„Eine triste Gegend“, betrachtete Ronnie die endlosen und im Gegensatz zu Österreich unkultivierten Felder. Ab und zu kamen sie durch kleine Siedlungen, die einen sehr heruntergekommenen und lieblosen Eindruck machten.

„Wieso ist das alles so trostlos?“, fragte Ronnie.

„Wir befinden uns im Niemandsland. Dieses Grenzgebiet ist eine Sperrzone, hier dominiert das Militär, Ronnie. Die schönen Gebäude aus der Zeit vor dem Krieg, die noch in der Monarchie entstanden sind, hat man alle abgerissen, darunter viele Kirchen und große Bauernhöfe. Die Kommunisten wollten alles, was an den Klassenfeind erinnert, auslöschen. Und sie haben gründliche Sache gemacht, wie man sieht. Die Bauten der Kommunisten sind genau das Gegenteil dessen, was sie zerstört haben. Die Menschen, die heute darin wohnen, kommen oft gar nicht aus diesem Gebiet. Sie sind Angehörige von Minderheiten oder wurden hierher zwangsangesiedelt, weil sie eben beim Militär oder Grenzschutz arbeiten. Daher verwundert es auch nicht, dass es so aussieht. Die Qualität der Baumaterialien ist auch nicht wie bei uns“, deutete Stefan Karoly auf bereits verfallene, architektonisch sehr einfach ausgeführte Häuser hin.

Sie beschlossen nirgends mehr stehen zu bleiben und erreichten nach über sechs Stunden ihr Ziel. Das Hotel Gommel befand sich etwas außerhalb des Stadtzentrums.

Stefan kannte es nur vom Hörensagen aus seinem Boxclub. „Angeblich soll es das Beste sein", zweifelte selbst er beim Anblick des schmucklosen Hotel- und Plattenbaus. Am Parkplatz vor dem Hotel standen nur zwei Fahrzeuge, ein Trabant aus der DDR und ein Skoda mit einheimischem Kennzeichen. „Nicht viel Betrieb hier. Da werden wir uns das Zimmer ja aussuchen können", sagte Ronnie und marschierte in Richtung Rezeption. Einem freundlichen Dobry Den der Empfangsdame folgte ein bestimmendes Ne auf die Frage nach einer freien Unterkunft. Ronnie sah Stefan entgeistert an. „Hat sie mich nicht verstanden, sie spricht doch Deutsch, oder?" Jetzt übernahm Stefan die Regie und legte seinen Reisepass samt einem 20 Schilling Schein auf das Empfangspult. Prompt bekam er den Zimmerschlüssel ausgehändigt. Er schob einen weiteren Zwanziger nach und plötzlich war auch ein zweites Zimmer frei. Es waren zwei große Räume ganz oben im zehnten Stock des Hotels. Im Lift erfuhr Ronnie, dass sein Freund einen nicht unbeträchtlichen Betrag in Mark und Schilling in seinen Schuhsohlen versteckt an den Grenzern vorbei geschleust hatte.

„Damit wir uns wirklich mal was gönnen können, nach so einem turbulenten Jahr", gab Karoly sichtlich frohgelaunt die Order, sich in einer Viertelstunde in der Hotellobby zu einem Stadtrundgang zu treffen. In wenigen Minuten erreichten sie den Hauptplatz im Stadtzentrum. Ronnie war verwundert, dass am späten Nachmittag kaum etwas los war.

In Vorderstadt waren um diese Zeit normalerweise sowohl die Geschäfte als auch die Gastronomie gut frequentiert. Hier gab es nur vereinzelte Läden, deren Auslagen Nähmaschinen, alte Uhren und Küchentextilien anboten. Schicke Boutiquen mit italienischer Mode oder Plattenläden wie in Vorderstadt konnten sie nirgends, auch nicht abseits des Hauptplatzes, ausfindig machen. Das gastronomische Erlebnis beschränkte sich auf eine Bäckerei, eine Bierschwemme und ein Hotel, in das sie zum Abendessen einkehrten, nachdem sie auch im restlichen Stadtzentrum nichts Ansprechendes ausfindig machen konnten.

Stefan Karoly empfahl seinem Freund Svickova, einen Rinderbraten mit böhmischen Knödeln, dazu Budweiser Bier. „Das Essen ist ausgezeichnet", zeigte sich Ronnie zufrieden, während Stefan versuchte mit der Bedienung ins Gespräch zu kommen.

Trotz der Verständigungsprobleme konnte er der jungen Frau, einer böhmischen Naturschönheit, ihren Aufenthalt im Hotel Gommel und einen Treffpunkt an der Bar verständlich machen. Ein fettes Trinkgeld, das dem eines dritten Menus samt Getränk entsprach, sollte zusätzliche Motivation für ein Treffen nach Dienstschluss sein. Wieder zurück im Hotel setzten sie sich zu einem Ehepaar aus Karl-Marx-Stadt an die Bar. Die beiden waren mit ihrem Trabant auf dem Weg nach Österreich. Die seit dem Mauerfall geltende Reisefreiheit nutzten sie, um Bekannte im Zillertal zu besuchen. Stefan lud die beiden großzügig auf ihre Wunschgetränke ein. Zu vorgerückter

Stunde erfuhren sie, dass es in den nächsten Tagen auch in der CSSR zu einem Umsturz kommen würde. Woher diese Information stammte, konnte ihnen ihr neuer Bekannter Dirk nicht sagen. Um nicht abgehört zu werden, rauchten sie daher vor dem Hotel und tauschten dabei Informationen aus. Ronnie unterhielt sich mit Heike, die ihm verriet, dass sie überhaupt gerne in Österreich bliebe, wenn sie eine Arbeit finden würde. Denn Arbeit gab es in der DDR oft nur auf dem Papier, sie war eher eine Beschäftigungstherapie, die in den Staatsbetrieben praktiziert wurde. Weit wichtiger als der Arbeitseinsatz war die Linientreue, zeigte sich Heike ebenso auskunftsfreudig wie ihr Begleiter.

Sie wollten sich bereits verabschieden und auf ihre Zimmer gehen, als sich die Bar zunehmend füllte. Auch Stefans Bekanntschaft vom Abendessen erschien, allerdings in Begleitung eines jungen Herrn. Stefan störte das nicht und begrüßte sie auf seine spezielle anzügliche Art, in dem er seinen Arm auf ihre Schulter legte. Gleichzeitig bestellte er für die beiden einen Becherovka mit Kofola, ein Mix aus hochprozentigem Kräuterlikör und lokalem Cola, den ihm der Barkeeper empfohlen hatte und der auch Ronnie und allen an der Bar sehr gut schmeckte. Offensichtlich hatte der Barkeeper die Einladung Karolys als Lokalrunde interpretiert, da er allen dasselbe Getränk servierte. Ronnie wollte seinen Freund, der sich jetzt einer attraktiven Mittdreißigerin, die ihm als Agraringenieurin vorgestellt worden war, widmete, über die finanziellen Folgen seiner Freigiebigkeit informieren, als der Barkeeper das

Fernsehgerät einschaltete. Man sah eine ungeheure Menschenmenge, die sich in Prag versammelt hatte. Dirk erklärte Ronnie, dass der ehemalige, von den Sowjets 1969 geschasste Präsident der CSSR und der Anführer des Bürgerforums, ein angesehener Schriftsteller zu den Menschen sprachen. Tosender Applaus und das Rasseln zigtausender Schlüsselbünde, die als Zeichen des gemeinsamen Widerstands gegen das kommunistische Regime dienten, verliehen dem Ganzen eine Stimmung wie bei einem Finalspiel oder einer friedlichen Revolution, wie sie eben bereits in Gang war. Es fiel daher kaum ein Wort zwischen den Einheimischen, die gebannt auf den Fernseher sahen. Wie von Geisterhand hatte sich zwischenzeitlich die Bar gefüllt, die Dame von der Rezeption nahm ebenfalls an einem der Tische Platz, an dem auch andere Angestellte des Hotels ungläubig die Geschehnisse mitverfolgten. Beifallskundgebungen blieben ebenso aus wie lautstarke Kommentare.

Stefan Karoly nutzte die Gunst dieser historischen Stunde und bat den Barkeeper, den Anwesenden zur Freiheit zu gratulieren und sie auf eine weitere Runde Becherovka-Kofola einzuladen. Sie prosteten einander zu, die Situation entspannte sich von Runde zu Runde. Die Hinweise seines Freundes, dass diese Freigiebigkeit teuer werden könne, tat Stefan mit dem Hinweis auf die niedrigen Preise und seine Westgeldreserve ab.

„Und im Übrigen sag ich dir, lieber Ronnie: Heute sind wir bei einem historischen Ereignis live dabei, da spielt Geld keine Rolle, unser Ausflug hat sich ausgezahlt, du bist ein leiwander Kerl, Ronnielein!“, genoss Karoly – wenn auch sichtlich illuminiert – jeden Zug seines letzten Krummen Hundes.

Am nächsten Morgen saßen sie zunächst schweigend am Frühstückstisch. Ronnie mokierte sich über die Qualität des Weißbrotes, das seiner Ansicht nach wie Pappmaché schmeckte. Stefan schlürfte seinen Kaffee, nicht weil er zu heiß war, sondern seiner Meinung nach wie der Linde-Malzkaffee seiner Oma schmeckte und daher nur etappenweise zu genießen war. Sie waren sich einig, einen wirklich aufregenden und unvergesslichen Abend verbracht zu haben.

„Dann können wir ja heimfahren, weil so toll ist es hier nicht“, schlug Ronnie seinem sehr blass wirkenden Freund und Kollegen vor.

„Ja, das machen wir, aber du musst fahren, denn hier gilt 0,0 Promille. Da brauch ich noch Zeit zum Abbauen“, schob er seinen Autoschlüssel zu Ronnie hinüber.

„Welche Strafen gibt es dafür?“, wollte Ronnie wissen und nahm das Infoblatt ihrer Visabehörde zur Hand, „darauf stehen hohe Geldstrafen und sogar Gefängnis, Stefan. Ich habe selbst einiges gebechert, abgesehen, dass ich ungern mit deinem Luftschiff fahre, wird es gescheiter sein, wir bleiben noch einen Tag hier, oder?“

An der Rezeption erfuhren sie, dass im Kulturzentrum ein Kammermusikabend mit einem der bekanntesten Werke Smetanas, dem großen Nationalkomponisten aus Böhmen, am Programm stand: das Klaviertrio in G-Moll für Violine, Violoncello und

Klavier. Offiziell wäre das Konzert ausverkauft, weil die Stadtgemeinde die Karten auch ihren Bediensteten und deren Angehörigen zur Verfügung stellte. Ob diese dann tatsächlich teilnahmen, bezweifelte der sonst als Nachtportier arbeitende Mann an der Rezeption. Er könne versuchen, noch zwei Plätze zu organisieren. Stefan und Ronnie schauten sich fragend an, beide waren keine Klassikfreunde. Daher ersuchten sie den netten älteren Herrn, der anstelle der Empfangsdame vom Vortag Dienst hatte, um weitere Vorschläge.

„Wahrscheinlich hat sie auch zu viel Becherovka getrunken", witzelte Ronnie, während Stefan die passablen Deutschkenntnisse seines Gegenübers an der Rezeption lobte. Diese seien noch von seinen Eltern, die in der Monarchie ganz in der Nähe zum Mühlviertel gelebt hätten. Auch er hätte die ersten Jahre dort verbracht und in der Hitlerzeit, als Böhmen für einige Jahre deutsches Reichsprotektorat war, eine deutsche Schule besucht, erzählte er ihnen ein wenig wehmütig über seine Vergangenheit.

„Wenn Sie Eishockey interessiert, da könnte ich Ihnen helfen. Heute spielt unser Verein Motor Ceske Budejovice im Sokol Eisstadion gegen Skoda Pilsen, ein echter Bruderkampf. Die beiden Vereine verbindet eine lange Freundschaft und trotzdem eine gewisse Rivalität. Ich kann Ihnen gerne Karten besorgen, das Stadion ist sehr groß, fast 7.000 haben darin Platz."

Ronnie konnte sich sofort dafür begeistern.

„Stefan, ich hoffe du hast gestern nicht alles ausgeben müssen und noch genug Money in der Tasche. Das lassen wir uns nicht entgehen, oder?“

„Ronnie mach dir keine Sorgen. Auch wenn die ganze Bar auf mich gegangen ist, war das ein Klacks. Da können wir beide in Vorderstadt nicht einmal fein Essen gehen. Gerne können sie auch mitkommen, Herr…“

„Bouchal, Jiri ist mein Name, ich bin sowieso auch dort, weil ich als Wach- und Sicherheitsperson im Stadion Dienst mache. Die Karten lege ich Ihnen am Nachmittag in Ihr Schlüsselfach“, nahm er ganz selbstverständlich den von Karoly auf das Rezeptionspult gelegten Fünfzig Schilling Schein ohne weiteren Kommentar an sich.

Den Nachmittag verbrachten sie mit einem Spaziergang zur Budweiser Brauerei, die eine eigene Bierstube betrieb. Das rustikale und gleichzeitig nüchterne Ambiente erinnerte Karoly an die beliebten Bierschwemmen der Siebzigerjahre in den größeren Städten Österreichs. Außer einigen Brauereiarbeitern befand sich niemand im Lokal, nach einem schnellen Bier gingen sie ins Stadtzentrum zurück.

„Fällt dir was auf, Ronnie? So viel Militär und Polizei war gestern Nachmittag nicht am Platz. Die gestrigen Demos in der Hauptstadt sind nicht ohne Wirkung geblieben, hoffentlich kommt es zu keiner Gewalt oder zu Repressalien, weil dann bekommen wir vielleicht auch ein Problem, wenn sie die Grenzen dicht machen.“

„Sollen wir nicht doch gleich fahren, Stefan? Mir ist es egal und wegen dem Eishockeyspiel ist es auch nicht.“

Sie beschlossen zum Hotel zurückzukehren und sich auf die Heimreise zu machen. Am Grenzübergang stellten sie sich hinter einen Trabi aus der DDR und einen polnischen Lada, deren Ausreise überraschend schnell vonstatten ging.

Nicht so bei ihnen. Beide wurden von den Grenzbeamten zum Aussteigen aufgefordert. Man brachte sie in einen Warteraum in einem der heruntergekommenen Abfertigungsgebäude. Stefan schwante Böses, er vermutete seinen Restalkohol vom Vortag.

„Wo haben Wechselschein?“, fragte der Beamte streng und zeigte ihre Konsumationsrechnung des Hotel Gommel in Höhe von 5000 Kronen. Stefan war perplex, woher hatte der Zöllner diese Rechnung? Hatte Stefan sie im Reisepass, den er dem Grenzer aushändigen musste, etwa vergessen? So blöd konnte er doch nicht sein. Oder steckte der Geheimdienst dahinter, vielleicht der Barkeeper oder der Herr an der Rezeption? Auf das wiederholte Fragen nach dem Wechselschein verwies Stefan nur auf jenen, den sie bei der Einreise erhielten, der lediglich 600 Kronen auswies. Ronnie zückte auch seinen, aber es half nichts. Zwei weitere Beamte, beide schwer bewaffnet, kamen in den Raum. Sie forderten Stefan und Ronnie zum Mitkommen auf. Stefan sah noch, wie sein Citroen draußen auf einen Parkplatz geschoben wurde.

„Ronnie ich fürchte, das wird heute länger dauern, tut mir leid, ich weiß nicht, was die mit uns jetzt vorhaben“, gab sich Stefan kleinlaut und zerknirscht.

Sie saßen schweigend im ungemütlich kalten Vernehmungsraum, ohne dass auch nur irgendetwas geschah. „Tempus fugit, heißt es oder was meinst du, Stefan, wie lange sitzen wie hier schon?“, kam es den beiden wie eine Ewigkeit vor. Es war kalt. Durch das harte Licht einer scheinwerferartigen Lampe fühlte es sich noch kälter an. Sie hörten Schritte, die von schweren Stiefeln stammten. Drei Militäroffiziere in blauer Uniform mit riesigen Schirmmützen, auf denen ein überkreuztes Schwert mit einem Löwen in der Mitte als Abzeichen prangte, wurden von zwei bewaffneten Grenzpolizisten in Begleitung einer Frau mittleren Alters hereingeführt. Die Frau stellte sich als Dolmetscherin vor. Sie klappte ihre Reisepässe auf und übersetzte die darin enthaltenen Daten. Einer der drei Offiziere, mit vier Sternen am Revers offenbar der Ranghöchste - die beiden anderen trugen nur einen Stern auf ihren grauen Schulterklappen - verlas eine lange Liste, die von der Dolmetscherin übersetzt wurde:

„Es werden Ihnen folgende Straftaten gegen die Staatssicherheit sowie gegen die Abgabenordnung der Tschechoslowakischen Sozialistischen Republik zur Last gelegt“, sprach sie in bedächtigem Amtsdeutsch, „der Strafrahmen dafür beträgt mindestens sechs Monate bis zu zwei Jahren Zuchthaus.“ Damit erhielten die Worte der Obrigkeit eine mehr als bedrohliche Aussagekraft.

„Gesetzeswidrige Einreise: Sie haben in ihrem Antrag auf Einreise und vorübergehenden Aufenthalt in der Tschechoslowakei Kondolenzbesuche für einen Herrn Doktor Straka, gebürtig in Kaplitz angegeben, ohne diese jedoch tatsächlich durchzuführen. Die von Ihnen angegebenen Verwandtschaftsverhältnisse zu Dr. Straka entbehren ebenfalls ihrer Richtigkeit.

Ungesetzliche Verbindungsaufnahme: bei Ihrem Aufenthalt im Hotel Gommel haben Sie erwiesenermaßen Kontakt zu Hauptmann Dirk Sammer und Hauptfrau Heike Thoma, beide Mitglieder des Staatsicherheitsdienstes unseres sozialistischen Bruderstaates der Deutschen Demokratischen Republik aufgenommen, um an wichtige staatskritische Informationen zu kommen.

Staatsfeindliche Äußerungen und Hetze gegen Einrichtungen der CSSR: erwiesen ist zweifelsfrei, dass Sie am Abend des 24. November staatsfeindliche Äußerungen gegen die Führung der Tschechoslowakischen Sozialistischen Republik gemacht haben. Dabei haben Sie den Tatbestand der Bestechung erfüllt, indem Sie die anwesenden Bürger der CSSR durch ihr Verhalten zu regierungskritischen und umstürzlerischen Maßnahmen bewegt haben.

Herabwürdigen der staatlichen Ordnung: Durch Ihr besagtes Verhalten wurde die rechtliche Ordnung der Tschechoslowakei herabgewürdigt. Sie haben in aller Öffentlichkeit andere Personen dazu verleitet.

Hinterziehung von Abgaben und Verstoß gegen die Währungs- und Geldbestimmungen: Sowohl durch das Mitführen eines weit über den gesetzlichen Rahmen hinausgehenden Geldbetrages in ausländischer Währung als auch durch das illegale Inverkehrbringen und Wechseln desselben haben sie zusätzlich zu den zuvor angeführten Straftaten eine schwere Ordnungswidrigkeit begangen."

Ronnie saß mit gesenktem Kopf und hängenden Schultern da, es war ihm zum Heulen zumute. Für einen Moment kamen Aggressionen gegen seinen Freund auf, dessen Idee zu diesem Ausflug nun geradewegs ins Verderben führte. Er dachte:

„Alles, was Stefan vorschlägt, endet im Desaster." Er unterdrückte seine Gefühle, es half ohnehin nichts. Auch ihr Jus Studium und das fertige Gerichtsjahr, überhaupt die ganze Juristerei half jetzt nichts. Er schaute zu Stefan, der immer wieder zur Decke starrte. Beide fühlten sich ausgeliefert und ohnmächtig. Wie in einem Roman von Franz Kafka, der zu Ronnies Lieblingsautoren gehörte. Stefan und Ronnie blickten sich entgeistert an. Die Ausführungen des Generals nahmen sie gar nicht mehr wahr, abgesehen davon, dass sie sie gar nicht verstanden. Als die Dolmetscherin den Strafrahmen von sechs Monaten bis zu zwei Jahren Zuchthaus wiederholte, sackten beide förmlich zusammen. Unfähig auch nur ein Wort zu sprechen, sahen sie die Offiziere mitleidig an.

„Möchten sie etwas vorbringen?", betonte die Dolmetscherin ihren letzten Satz. Ronnie und Stefan sahen sich konsterniert und verzweifelt an. „Nein, nur, dass wir nichts Unrechtmäßiges getan haben, schon gar nicht in Absicht", brachte Stefan als Erster etwas aus sich heraus.

„Sie geben die zur Last gelegten Straftaten zu", übersetzte die Dolmetscherin für den General und seine

Adjutanten. Diese wechselten kurz ein paar Worte untereinander, dann sprach der General in Befehlsform zu den beiden. Die Dolmetscherin wartete sein gesamtes Vorbringen ab, bevor sie ihre Stimme anhob, um die von den Generälen ausgesprochene Strafe zu verkünden:

„Herr Astlehner, Herr Karoly. Über Sie wird ein dauerhaftes Einreiseverbot in unser Land verfügt. Das Ergebnis der gerichtlichen Verfolgung wird Ihnen über unsere Botschaft in Wien bekanntgegeben. Verlassen Sie daher sofort das Staatsgebiet, Ihre Reisepässe befinden sich im Fahrzeug."

Sie wussten nicht, wie ihnen geschah. Eben erwartete sie noch eine mehrjährige Haftstrafe in einem Zuchthaus auf fremdem Staatsgebiet – die Dolmetscherin sprach nicht von Gefängnis, sondern immer von Zuchthaus, was noch viel schlimmer klang. Nun wurden sie von den beiden Grenzpolizisten zu Stefans Fahrzeug geführt. Die Reisepässe lagen wie von Geisterhand bereits am Armaturenbrett, der Schlüssel steckte. Stefan drehte den Zündschlüssel mit zittriger Hand vorsichtig um, pumpte die Luftfederung auf und startete den Motor. Beim Aufgehen des Grenzbalkens, auf dem etwas verblichen die Staatsfarben der CSSR auszumachen waren, verspürten sie eine unendliche Erleichterung, die sich mit zunehmender Entfernung vom Grenzposten noch weiter steigerte. Als sie der österreichische Zöllner mit einem freundlichen: „Die Reisepässe bitte und gibt es was zu verzollen", begrüßte, wollten sie ihn beinahe umarmen, so groß war die Freude wieder auf heimischem Staatsgebiet zu sein.

Als sich im Rückspiegel auch die österreichische Grenzstation immer weiter entfernte, blieb Stefan an einer Bushaltestelle kurz stehen.

„Ronnie, der Herrgott hat uns alle Schutzengel geschickt, die er hat. Wir biegen kurz zur Wallfahrtskapelle oben am Berg ab, die wurde vor wenigen Jahren zu Ehren der Muttergottes Maria anstelle der von den Kommunisten auf der anderen Seite verlassenen und verkommenen Wallfahrtskirche aufgebaut. Da zünden wir zwei Kerzen an.“

Ronnie wunderte sich zwar über die plötzlichen religiösen Anwandlungen seines Freundes, er wähnte sich aber sowieso immer noch in einem kafkaesken Traum von Macht und Ohnmacht. Oben angekommen schweifte ihr Blick über den Böhmerwald weit in das Böhmische hinein. Auch die beiden Grenzstationen waren zu erkennen, an jene auf Seite der CSSR schlossen sich links und rechts Panzersperren, Stacheldrahtzäune in dreireihiger Ausführung und alle paar Kilometer ein Strommast sowie Wachtürme an. Stefan ging in die Kapelle hinein, kniete demütig nieder, um nach einem ‚Gegrüßet seist du Maria‘ eine Kerze vor dem Altar anzuzünden. Ronnie entzündete ebenfalls eine, ohne etwas in den dafür vorgesehenen Opferstock zu werfen.

Wie in der Kirche sprachen sie auf der Weiterfahrt nach Vorderstadt kein Wort. Das Autoradio verkündete den Sturz des kommunistischen Regimes in Prag. Die

Opposition hatte die Führung übernommen, ohne dass es zu gewalttätigen Auseinandersetzungen in der Hauptstadt gekommen war. Hunderttausende riefen am Prager Wenzelsplatz nach einem Bürgerrechtler als neuen Präsidenten eines freien und demokratischen Staates. Dem bis vor wenigen Monaten vom kommunistischen Regime Inhaftierten stand mit dem ehemaligen KPDSU-Generalsekretär eine weitere Gallionsfigur des Prager Frühlings - dem letzten erfolglosen Versuch, das Land aus den Fängen des Kommunismus zu befreien oder zumindest diesem ein menschlicheres Antlitz zu geben - zur Seite. Mittlerweile, so der Radiosprecher, würden auch in den anderen Teilen des Landes die Umwälzungen in vollem Gange sein, wenngleich die Militärs die bisherigen Machthaber unterstützten, allerdings ohne gegen das Volk vorzugehen. Stefan brach das Schweigen: „Ich denke, die haben uns laufen lassen, weil sie jetzt genug Probleme mit dem eigenen Volk haben. Was glaubst du?“, schaute er zu seinem am Beifahrersitz mit angezogenen Beinen zusammengekauerten Freund hinüber.

„Ich weiß es nicht. Das Einzige, was ich weiß, ist, dass ich Hunger bekomme. Ich habe seit dem Frühstück nichts gegessen, jetzt ist es schon finster. Wie spät ist es eigentlich?“

„Fast neun Uhr, komm wir bleiben da vorne bei der Tankstelle stehen, ich habe noch eine eiserne Reserve im Kofferraum versteckt, zwei Zwanzig Schilling Scheine in der Kurbel des Wagenhebers. Die haben selbst die peniblen Grenzer nicht entdeckt. “

Mit Schokolade und Afri Cola gestärkt, setzten sie ihre Reise Richtung Vorderstadt fort, das Radioprogramm stimmte bereits auf Weihnachten ein.

„Was wirst du zu Weihnachten machen, Ronnie?“, war es wieder Stefan, der die Unterhaltung in Gang setzte.

„Keine Ahnung, ich werde mit meinem Vater und meiner Mutter, wahrscheinlich auch mit meiner Schwester und ihrem Freund feiern. Früher sind wir dann noch zu Mitternacht mit Freunden ausgegangen, in die Mette und danach in ein Lokal, wenn noch eines offen war. Nicht sehr aufregend, was machst du?“

„Mir ist es nur recht, wenn es ruhig zugeht. Wenn du vier Weihnachten hintereinander im Häf'n verbracht hast, dann ist die Freiheit schon etwas Schönes.“

„Ja“, stimmte Ronnie zu, „nachdem was uns hätte blühen können, ich bin echt noch fertig. Weihnachten in einem CSSR-Gefängnis stell ich mir brutal vor, weil du nichts verstehst und sie dich auch nicht verstehen, oder?“

„Sicher noch weit schlimmer als in Österreich. Obwohl Weihnachten im Häf'n schon zu meiner Zeit sehr wehgetan hat. Die Justizwachebeamten gaben sich zwar alle Mühe, in unserem Trakt stand immer ein eigener Weihnachtsbaum und ein paar Tage vor Heiligabend fand eine Weihnachtsfeier mit Keksen und Apfelpunsch für alle Insassen statt. Einmal ist sogar der Bischof gekommen. Am 24. war man allein, ausnahmsweise durfte man am Tag mit Freunden oder Verwandten telefonieren. Zehn Minuten maximal. Für mich war diese Zeit doppelt belastend, weil am 23. Dezember der Todestag meiner Mutter ist, meinen

Vater habe ich nie gekannt, angeblich ein Besatzungssoldat. Meine Mutter hat nie etwas gesagt. Ein Schwarzer wars nicht", kam Stefan Ronnies möglicher Scherzfrage vor. Dieser blieb stumm und schaute nur zum Seitenfenster hinaus, sodass Stefan einfach weitererzählte:

„Ich habe in diesen Tagen wie verrückt für meine Prüfungen an der Uni gelernt. Mit einem älteren Herrn, einem notorischen Heiratsschwindler, er hieß Erwin und war auf Damen im Pensionsalter spezialisiert, spielte ich Prüfungssituationen durch, er war der Prüfer, der wahllos die Kapitel aus den Büchern vorgab, die ich dann rezitierte. Den ganzen Lernstoff konnte ich auswendig.

Vom Häftlingsunterstützungsverein bekamen wir im Advent eine Krippe. Über die Feiertage wurde sogar ein Fernseher im Gemeinschaftsraum aufgestellt. Es war jedes Jahr das gleiche Programm: ‚Pan Tau', ‚Sisi' und ‚Ein echter Wiener geht nicht unter', obwohl: die Weihnachtssendung mit dem Mundl gefällt mir heute noch, wie er einen zu großen Baum gekauft hat", fand Stefan schneller als Ronnie wieder seine gewohnte Stimmung. Gegen Mitternacht erreichten sie Vorderstadt.

Erleichtert stiegen sie am Parkplatz vor dem Kreisgericht, wo Ronnie seinen Wagen abgestellt hatte, aus, um sich voneinander zu verabschieden. „Komm Ronnie, rauchen wir noch eine", hielt Karoly seinem Freund die Packung Krummer Hund hin. „Danke Stefan, die werden mir nicht abgehen, ich bleib bei meiner Marke." Schweigend standen sie auf dem menschenleeren Vorplatz des Kreisgerichts, sie waren zu erschöpft, um noch etwas zu sagen. Beide wussten, dass ihre gemeinsame Reise jetzt wirklich zu Ende war.

„Pass gut auf dich auf", brach Stefan die Stille der Nacht. „Du auch", war Ronnie wieder fast zum Heulen zumute. Nicht, weil sie von nun an getrennte Wege gehen würden, sondern vor lauter Glück, dass sie es zurückgeschafft hatten.

Sie umarmten sich mit einem kräftigen Schulterklopfen, ein letztes „Mach`s gut", dann sah Ronnie das weiße Luftschiff seines Freundes in die Dunkelheit der Nacht entschwinden. Eine Weile stand Ronnie noch am Parkplatz, dann beschloss er über die Volksstraße am Stadion des SK Vorderstadt vorbei nach Hause zu seinen Eltern zu fahren. Seine Dienstwohnung im Vorderstadt hatte er bereits aufgegeben.

14 VERLÄNGERUNG

Ronnie Astlehner und Stefan Karoly hatten bei ihrem Abschied vom Kreisgericht vereinbart, auf jeden Fall in Kontakt zu bleiben, egal wohin sie ihr beruflicher Weg auch führen würde. Sie waren auseinander gegangen mit der Erkenntnis, dass sie weder bei Gericht noch sonst wo eine klassische juristische Karriere einschlagen würden. Zuviel war passiert. Die vom Präsidenten des Kreisgerichts in Aussicht gestellte Verlängerung als Übernahmewerber für einen in den nächsten drei bis fünf Jahren eventuell freiwerdenden Richterposten hatte Ronnie mangels Erfolgsaussichten nicht weiterverfolgt. Stattdessen führte ihn der Weg in die Handelskammer, deren Sitz nicht weit von seinem Heimatort war und deren Angebot, ihm als Referent für Industrie, Verkehr und Europa ein interessantes Betätigungsfeld zu bieten, er mit großer Freude annahm. Die weltpolitischen Ereignisse begleiteten ihn von nun an auch beruflich. In der CSSR übernahmen die Vertreter der Bürgerbewegungen die Macht mit dem Ziel, ihr Land von der kommunistischen Diktatur in eine freie Demokratie und Marktwirtschaft nach westlichem Vorbild umzuwandeln. Viele der ehemaligen Bruderstaaten der Sowjetunion folgten diesem Beispiel. In Polen konnte die Gewerkschaftsbewegung ihre zu Beginn der 1980-er Jahre eingeleiteten Reformpläne endlich in die Tat umsetzen und mit ihrem Vorsitzenden das alte sowjettreue Regime ablösen. In der Handelskammer blickte man gespannt in eine wirtschaftlich noch ungewisse Zukunft. Viele Unternehmen der teilweise noch immer verstaatlichten Industrie unterhielten langjährige und profitable Geschäftsverbindungen in den Ostblock. Wie sich diese nach der Öffnung der Grenzen und der Eliminierung der kommunistischen Machthaber weiter gestalten würden, konnte ebenso wenig vorausgesehen werden wie der Fall des Eisernen Vorhanges wenige Monate zuvor.

Ein halbes Jahr war seit ihrem letzten Tag bei Gericht vergangen. Nach ein paar Telefonaten verlor sich der Kontakt. Ihre gemeinsamen Tage bei Gericht waren neuen beruflichen wie privaten Dingen gewichen, als die größte Tageszeitung des Landes im Lokalteil über die bevorstehende Anklage der Staatsanwaltschaft Vorderstadt in den Mordfällen an Johanna Eder, Franz Niederwimmer und Dr. Straka berichtete.

Drasko P. wurde Anstiftung zum Mord in drei Fällen zur Last gelegt, Andrea W. wurde wegen Beihilfe zum Mord angeklagt. Medienwirksam wurden sie als Komplizen des Elferkillers Mario P. bezeichnet und das bevorstehende Schwurgerichtsverfahren als Riminiprozess verkauft. Ronnie saß mit einer Wurstsemmel beim Bürofrühstück, zu dem er immer die Tageszeitungen überflog und bei den Fotos der drei Toten hängenblieb. Er legte die Wurstsemmel beiseite, nahm einen kräftigen Schluck von seinem Häferlkaffee und las den Artikel noch einmal. Von akribischer Polizeiarbeit war darin zu lesen, von Fingerabdrücken im Hause von Dr. Straka und mehreren Zeugen, die sowohl Drasko P. als auch Mario P. und Andrea W. am Tatort gesehen hätten.

Ronnie kopierte den Zeitungsartikel und legte ihn in das neue Faxgerät, das auf dem Gang stand. Er hatte von Stefan Karoly zu Weihnachten ein kleines Paket in sein Büro übermittelt bekommen. Darin befand sich ein Flachmann mit polnischem Wodka, ein Brief, in dem Karoly schrieb, dass es ihm sehr gut gehe und er bei einer Abfallentsorgungsfirma eines Freundes aus alten Tagen die Geschäftsführung für Polen und Rumänien übernommen hatte. Auf dem Briefpapier war seine neue Büroadresse samt Telefon- und Faxnummer angegeben. Ronnie Astlehner musste die lange Faxnummer zweimal eingeben, dann klappte es und die Nachricht an seinen alten Freund ging mit dem Betreff „Ruf mich bitte an – wichtig" durch. Es dauerte keine fünf Minuten, Ronnie stand noch in der Bürotür, als das Telefon klingelte. Eine Dame stellte in gebrochenem Deutsch zu Herrn Direktor Karoly durch.

„Hallo Ronnie, alter Freund, das sind ja Nachrichten, die du mir schickst. Die Herrn Kommissare haben anscheinend noch weiterermittelt. Dann waren es drei, die an den Morden beteiligt waren, wenn das so stimmt. Ich glaube das aber nicht, denn der Drasko ist ja eingesessen und vom Häf'n aus konnte er wenig machen. Ich habe ein paarmal die Gesprächsaufsicht bei seinen Besuchen gehabt, da ist mir nichts entgangen. Die Zeitungen schreiben halt eine schöne Geschichte, von wegen Zeugen und so. Auch deine Ex-Freundin kommt da nicht gut weg“, gab sich Karoly überrascht und gutgelaunt am Telefon.

„Ja, Stefan. Ich bin auch aus allen Wolken gefallen, als ich das gerade erst gelesen hab. Dazu dürfte es eine offizielle Pressemitteilung der Staatsanwaltschaft geben, so steht es im Artikel drin, bis heute war dazu in der Öffentlichkeit nichts bekannt. Und ich lese alle Zeitungen, das gehört zu meinem Job als Interessenvertreter.“

„Ronnie, ich weiß, dass du jetzt wichtig bist. Es freut mich auch für dich. Sollen wir uns treffen, wenn der Prozess beginnt? Den Titel Riminiprozess finde ich supergeil. So wie unseren Ausflug nach Bella Italia. Kannst du mir eine Info schicken, wann der Prozess nächste Woche beginnt. Ich werde es mir einrichten. Jetzt muss ich aber gleich ins polnische Industrieministerium, da muss ich noch ein paar Genehmigungen besorgen. Schick mir am besten ein Fax“, zeigte sich Karoly in gestresster Managermanier.

„Ja Herr Direktor, mach ich, denn du bist ja noch wichtiger als ich“, konnte Ronnie sich diese Retourkutsche nicht vergreifen.

Der Prozess war für Mittwoch und Donnerstag anberaumt. Ronnie nahm sich nach Genehmigung seines Chefs, einem gutmütigen und bestens vernetzten Kämmerer der alten Schule, zwei Tage frei. Wie schon während seiner aktiven Zeit am Kreisgericht saß Ronnie eine Zeitlang in seinem schwarzen Audi 80 am Parkplatz vor dem Gericht, als ein nagelneuer Jaguar mit polnischem Kennzeichen und quietschenden Reifen neben ihm stoppte.

Stefan Karoly sprang aus seinem Wagen, sein Outfit mit Dreitagesbart, abgewetzter Lederjacke und schwarz-weißem Fransenschal, passte nicht ganz zu der hohen Managementfunktion, die er am Telefon vorgegeben hatte. Ronnie Astlehner sah mit Sakko und Krawatte dagegen bieder aus.

Sie begrüßten sich mit einem Lächeln – jeder dachte sich seinen Teil über den anderen – um sich dann doch mit einem kräftigen Schulterklopfen zu umarmen.

„Hey wie geht's, du schaust ja aus wie ein Palästinenser", begrüßte Ronnie seinen alten Freund herzlich.

„Aufpassen, Ronnie nur nicht frech werden, solche Biedermanntypen wie dich habe ich schon viele entsorgt."

Sie mussten beide lachen, es war so wie früher, wenn sie sich gegenseitig aufzogen.

„Jetzt stehen wir wieder da, wo alles angefangen hat", sagte Ronnie, „die Zeit ist schnell vergangen."

„Na werde jetzt nicht sentimental, nicht in deinem Alter. Schau, ich schenk dir meine Uhr, es ist eine Replika von Juri Gagarin, dem ersten Mann im All. Weil du einfach ein Superkerl bist."

„Stefan das ist sehr lieb, aber ich habe eine Uhr und die ist echt. Eine Seiko-Uhr, die habe ich von meiner Tante zur Firmung bekommen und die geht immer noch. Und sie ist ein Original und auch nicht gestohlen, wo immer du die Uhr herhast."

Noch ehe er ablehnen konnte, hatte Karoly ihm die Uhr samt einer Visitenkarte, die ihn als General Manager –

Vicepresident Operations International präsentierte, in die Sakkotasche gesteckt.

„Bitte nimm sie als Andenken. Ich verspreche, dass sie nicht gestohlen ist oder krumme Geschäfte damit gemacht wurden."

„Du hast dich nicht wirklich geändert. Komm wir gehen rein."

Sie mussten beim Eingang die übliche Personen- und Sicherheitskontrolle über sich ergehen lassen. Die Uhr in Ronnies Sakko fiel dem Sicherheitsbeamten auf.

„Ein Geschenk von meinem Kollegen", zeigte Ronnie achselzuckend auf seinen Begleiter. Dessen Verweis auf ihr letztjähriges Praktikantendasein machte nur wenig Eindruck. Die Kontrolle wurde aufgrund der erwarteten großen Aufmerksamkeit an diesem Prozess vom Präsidenten des Kreisgerichts nach Befassung des Justizministeriums und in Abstimmung mit der Polizei angeordnet, und zwar ausnahmslos, so der Beamte am Gerichtseingang, bei allen Besuchern des Kreisgerichts durchgeführt.

Sie gingen an ihren alten Büros vorbei, auf denen neue Türschilder angebracht waren. Darauf standen keine Namen, sondern nur mehr die Abkürzung RP-Zimmer. Offensichtlich eine Sicherheitsmaßnahme mutmaßte Ronnie, während sein Freund überzeugt war, dass man nach ihnen keine besseren Rechtspraktikanten mehr finden konnte und die nachfolgenden daher in die Anonymität verbannte.

Der Schwurgerichtssaal befand sich im ersten Stock und war zum Bersten gefüllt. Sie mussten sich ganz hinten beim Eingang postieren. Ein Platz, der ihnen einen direkten Blick auf den Richtersenat, dessen Vorsitz zu ihrer Überraschung Dr. Frank innehatte, ermöglichte. Offensichtlich hatte Dr. Frank einen Karrieresprung gemacht. Die Anklage mit Staatsanwalt Dr. Lang-Oberkofler saß auf der rechten Seite, ihm gegenüber Rechtanwalt Dr. Haberlik, der dem Angeklagten Pivaric als Pflichtverteidiger zur Seite gestellt wurde. Drasko Pivaric wurde, begleitet von zwei Justizwachebeamten, in Handschellen in den Gerichtssaal geführt. Er sah weder nach links noch nach rechts, wo er unmittelbar an Ronnie vorbeiging.

„Er hat sogar dasselbe Parfum wie sein Bruder", flüsterte Ronnie Stefan ins Ohr.

„Wahrscheinlich hat ihm das eine seiner Hasen geschenkt", kam es leise zurück. Als Andrea Wagner in Begleitung ihres Anwalts hereingeführt wurde, ging ein Raunen durch den Saal. Selbst in der Stunde, in der andere ein Urteil über sie fällen mussten, zog sie ganz in Schwarz und mit einem viel zu kurzen Rock bekleidet die Aufmerksamkeit ganz auf sich. Dass ihr dies als Provokation von den Geschworenen negativ ausgelegt werden könnte, hatte man ihr seitens der Verteidigung offenbar nicht gesagt. Dr. Guggenbichler galt unter den Rechtsanwälten von Vorderstadt nicht gerade als der engagierteste. Pflichtverteidigungen zählten schon gar nicht zu seinen Vorlieben, weil diese vom Gericht angeordneten

Verfahrenshilfen wenig Honorar einbrachten und oft viel Zeit und Ärger bereiteten.

Ronnie kam er schmierig vor, denn er legte sofort den Arm auf ihre Schulter. „Nur zur Beruhigung natürlich", flüsterte Stefan seinem Freund zu, „er lässt sich wahrscheinlich seinen Aufwandsersatz in Naturalien, sprich Liebesdiensten abgelten, der alte Sack. Nicht einmal im Puff haben sie positiv über ihn gesprochen, das sagt schon was", nuschelte er seinem Freund ins Ohr.

Das allgemeine Rumoren im Gerichtsaal wurde durch Dr. Frank beendet, als dieser zuerst die Rechtssache Republik Österreich gegen Drasko Pivaric und Andrea Wagner aufrief, um dann die Personalia der Angeklagten und die notwendigen Vereidigungen der Geschworenen zu verlesen. Drasko Pivaric war auf den Tag gleich alt wie Stefan Karoly, was Ronnie zur leisen Bemerkung veranlasste, dass kriminelle Karrieren offensichtlich von Geburt an vorbestimmt seien. Stefan trat ihm daraufhin leicht auf den Fuß. Von Beruf gab Drasko Wirt an - Wirt und Kellner. Das erneute Raunen im Saal brachte Richter Frank mit einer sehr bestimmten Bitte um Ruhe rasch zum Verstummen. Die Liste der Vorstrafen von Drasko Pivaric hob sich Dr. Frank für die Vernehmung des Angeklagten auf, um nicht noch weitere Unruhe im Saal zu provozieren. Ronnie ließ seinen Blick von der Richterbank zu den Geschworenen streifen: drei Frauen und fünf Männer, die meisten im mittleren und fortgeschrittenen Alter, allesamt sehr schön, ja geradezu feierlich angezogen, manche etwas nervös um sich blickend.

Auf den Zuschauerbänken bot sich ein buntes Bild: Neben den üblichen gerichtsbekannten Pensionisten und anderen Gerichtskiebitzen, die ein öffentliches Verfahren zur Freizeitgestaltung nutzten, saßen auch einige Schützlinge von Drasko und Mario Pivaric gleich in Reihe zwei und drei hinter den beiden Angeklagten, so als wollten sie ihnen Rückendeckung geben. Auffällig waren die vielen Medienvertreter, die Block und Bleistift gezückt hatten. Einer von ihnen versuchte sich gar als Zeichner, wie anhand der Bewegungen zu erkennen war.

„Wahrscheinlich zeichnet er gerade Andrea", mutmaßte Ronnie, als diese vom Richter in der gleichen Rechtsache angesprochen wurde. Regungslos und mit überschlagenen Beinen, die ihren Rock noch weiter nach oben bis zur Strumpfnaht verschoben, ließ sie die Worte des Richters über sich ergehen.

Das Eröffnungsplädoyer des Staatsanwaltes bildete den ersten Verhandlungshöhepunkt.

Dr. Lang-Oberkofler vermittelte dem hohen Gericht ein ebenso umfassendes wie detailliertes Bild zu den Delikten, die den Angeklagten zur Last gelegt wurden. Ausführlich und mehrfach ging er dabei auf die hohe kriminelle Energie der Angeklagten sowie deren Sitten- und Skrupellosigkeit ein.

Mittels einer langen Indizienkette legte er dar, wie Drasko Pivaric seinen Bruder als Stellvertreter vom Gefängnis aus instruiert hatte. Andrea Wagner bezeichnete er als Übermittlerin geheimer Botschaften, die sie bei insgesamt drei Besuchen in der Justizanstalt empfing und an

Mario weitergab. Zusammen hätten sie, so der Staatsanwalt, die perfiden Pläne Drasko Pivarics in die Tat umgesetzt. Sowohl beim Mord an Johanna Eder als auch an Dr. Straka wäre Andrea Wagner vor Ort gewesen, um Mario Pivaric bei der Ausführung zu unterstützen. Naheliegend sei dies auch beim Mord an Franz Niederwimmer der Fall gewesen, zumal Andrea Wagner kurz davon Drasko Pivaric im Gefängnis aufgesucht hat. Letzteres gehe aus den Aufzeichnungen der Besuchsprotokolle unzweifelhaft hervor. Drasko Pivaric hätte somit von der Justizanstalt aus über Andrea Wagner die Fäden in der Hand gehabt und die Morde in Auftrag gegeben.

Seitens der Verteidigung von Drasko Pivaric ging man ebenso akribisch gegen die Beweisführung der Anklage vor. Anwalt Dr. Haberlik, ein gewiefter und erfahrener Strafverteidiger, legte zunächst dar, dass sein Mandant zum Zeitpunkt der Morde eine Haftstrafe verbüßte und so gut wie keinen Direktkontakt zu seinem Bruder gehabt hätte. Anhand der Besuchs- und Aufsichtsprotokolle sei dieser Umstand lückenlos überprüfbar. Lediglich bei den Begräbnissen von Johanna Eder und Franz Niederwimmer sei es zu einem Zusammentreffen gekommen. Justizwache und Polizeibehörden hätten allerdings streng darauf geachtet, Austauschmöglichkeiten zu verhindern. Die Besuche von Andrea Wagner konnte der Anwalt bis auf eine Ausnahme auf die Zeit weit vor den Morden datieren, auch mit nachprüfbarem Beweismaterial. Beim besagten Besuch vor dem Tod des Autohändlers ließe sich ebenso unzweifelhaft feststellen, dass Andrea Wagner noch am selben Tag nach Rimini zurückgekehrt war, wie aus den Aufzeichnungen des Hotels Argentina hervorging. Mario Pivaric sei zudem an diesem Tag nicht in Vorderstadt, sondern in seiner Heimat gewesen. Als Beweismittel legte Dr. Haberlik ein Radarfoto, das Mario Pivaric am fraglichen Tag auf der A10 in Richtung Jugoslawien identifizierte, sowie einige Rechnungen in Dinar, welche die Spurensicherung im Autowrack von Mario Pivaric gefunden hatte, vor. Daran knüpfte Dr. Guggenbichler in seiner Gegenäußerung auf die Anklage des Staatsanwaltes an.

Die von der Spurensicherung in Strakas Haus gefundenen Fingerabdrücke und Haare von Andrea Wagner seien auf den Umstand zurückführen, dass seine Mandantin mit Mario Pivaric eine enge Beziehung hatte und sie die am Tatort sichergestellte Zigarettenpackung häufig gemeinsam benutzten.

Weiters hätte Dr. Straka vermehrt Escortservices in Anspruch genommen, eine Dienstleistung, die auch seine Mandantin anbot. Wie diese aber glaubhaft versichern könne, zählte Dr. Straka nicht zu ihren Kunden. Dass Freundinnen von ihr mit Dr. Straka verkehrten, schloss ihr Anwalt aber nicht aus. Daher könnten auch auf diesem Weg Haare oder andere Spuren seiner Klientin in das Haus gelangt sein, zumal sich die Mädchen untereinander oft in Modefragen aushalfen und Kleidungsstücke borgten.

Vor der Vernehmung der Angeklagten unterbrach Richter Frank die Verhandlung, die Mittagspause war ihm heilig, das wussten Ronnie und Stefan aus ihrer Zeit bei Gericht.

Sie verließen den Saal erst, nachdem die meisten Besucher an ihnen vorbeigegangen waren. Andrea Wagner wurde von den zwei Justizwachebeamten abgeführt. Obwohl sie bis auf einen Meter an Ronnie und Stefan vorbeimusste, tauschte sie keinen Blick mit den beiden aus. Ronnie fühlte sich eigenartig berührt, jene Frau, in die er vor wenige Monaten schwer verliebt war, an ihm vorbeigehen zu sehen. Eigentlich war er froh darüber, ihr nicht in die Augen sehen zu müssen.

Dr. Frank verließ den Schwurgerichtsaal zusammen mit den Geschworenen und den Vertretern der Anklage durch den Nebeneingang. Erwartungsgemäß hatte auch er keine Blicke für Ronnie und Stefan, die jetzt unübersehbar am Ende des Raumes saßen. Zu beschäftigt war Dr. Frank mit dem spektakulärsten Fall der letzten Jahre.

15 ABPFIFF

Sie beschlossen mit dem neuen Wagen von Stefan zum Mittagessen beim Wirt am Spitz zu fahren, so wie sie das oft während ihrer Gerichtszeit getan hatten, vor allem am Monatsbeginn, wenn ihr Praktikantengehalt eingegangen war. Auf dem Weg dahin erklärte Stefan die Ausstattung seines neuen Dienstwagens und dass er die Leitung von vier Entsorgungsunternehmen in Polen und Rumänien übernommen hatte. In Rumänien gelang der Einstieg gleich zu Beginn der Privatisierungswelle, nachdem man zuvor den rumänischen Diktator gestürzt hatte und noch bevor die staatlichen Unternehmen von anderen Investoren aus Frankreich oder Deutschland entdeckt wurden.

„Bei schmutzigen Geschäften hast du dich immer gut ausgekannt Stefan. Aber sag, wie hast du diesen Job bekommen?“, wunderte sich Ronnie über den steilen Aufstieg seines Freundes.

„Ja, lieber Ronnie, da staunst du. Ein Vorteil war, dass meine Mutter aus Rumänien kommt, aus Siebenbürgen und mein Freund, dem die Entsorgungsunternehmen gehören, so wie ich das Risiko liebt. Wir haben uns gleich nach meinen Gerichtsjahr zufällig im Club Nouveau getroffen, da hat er mir von seinen Plänen erzählt. Ich bin einfach eingestiegen und ich sage dir, da unten, dass ist echt Wahnsinn. Ich habe zwei Freundinnen, die Nadja, die würde dir sicher gefallen.“ Er nahm ein Foto aus seiner überdimensional großen Geldbörse, die jedem Zahlkellner zur Ehre gereicht hätte, und zeigte auf die Blondine auf dem Foto, das ihn in der Mitte zweier Ostblockschönheiten festhielt.

„Ich brauch zwei, manchmal sogar drei - Währungen - versteht sich, wenn ich beim Hin- und Herfahren einen Zwischenstopp mache“, klärte Stefan in Sachen Geldtasche auf. „Du kannst gerne bei uns einsteigen, wenn du möchtest. Als nächstes werden wir ein paar Mädels nach Österreich und Deutschland vermitteln. Es gibt da einen Riesenbedarf im Westen und ein Riesenangebot im Osten.“

„Danke, aber das mit den Mädels hatten wir schon mal. Ich bin happy, weil ich einen Job bei der Handelskammer als Referent für Industrie, Verkehr und Europa bekommen habe. Da gibt es vielfältige Ausbildungen und ein sehr nettes Team inklusive des Chefs.“

„Verkehr ist immer gut“, witzelte Stefan, „glaube es mir, im grenzüberschreitenden Verkehr ist viel mehr zu holen. Aber der Verkehr hier in Vorderstadt wird auch immer schlimmer“, ärgerte er sich über einen langsamen Fiat-Fahrer und den zunehmenden Stau vor ihm. Er blickte auf die Nummerntafel, auf deren Halterung sich eine Werbeeinschaltung befand.

„Der hat einen Fiat vom Niederwimmer. Wenn man länger im Ausland ist, dann fallen einem die vielen Fiat-Autos hier in Vorderstadt noch mehr auf. Ich glaub nicht einmal in Rimini haben wir so viele gesehen, oder?“ „Stefan, du weißt ja, dass es nach dem Krieg eine Kooperationsvereinbarung zwischen Fiat und der hier ansässigen Fahrzeugindustrie gegeben hat, die heute noch nachwirkt. Fiat und Arbeiterstadt passt halt zusammen", gab sich sein Beifahrer wissend.

„Ronnie, du bist wieder einmal bestens informiert. Dann weißt du auch sicher, warum Fiat die schlechtesten Autos sind", vergriff sich Stefan bei der Wahl seiner Worte, als das Fahrzeug vor ihm ohne Grund abrupt abbremste, „weil die Autos Schrottkisten sind, nicht umsonst bedeutet Fiat Fehler in allen Teilen", gestikulierte er wild hupend seinem Vordermann, auf dass dieser zur Seite fahren möge.

Ronnie ging nicht weiter auf die lautstarken Unmutsäußerungen seines Freundes zur mittäglichen Stoßzeit ein, vielmehr erfreute er sich am Anblick des Landwehrkanals, der parallel und renaturiert zur Wirtshauszufahrt verlief. Wie früher stellten sie ihren Wagen direkt am Kanal vor der Gaststätte ab.

Nachdem sie bestellt hatten, wechselte Ronnie das Thema, wissend dass Fußball seinen alten Freund nicht wirklich interessierte. Der SK Vorderstadt hielt sich mittlerweile gut in der Bundesliga. Nach einem katastrophalen Start in die Herbstsaison griff der Vereinspräsident in der Winterpause nochmals in die Vereinskasse, um zwei Nationalspieler der ehemaligen CSSR und jetzigen CSFR von ihren Vereinen Dynamo Budweis und Zenit Tabor nach Vorderstadt zu lotsen. Ein Goldgriff, wie sich herausstellen sollte. Allein in den ersten fünf Runden der Frühjahrssaison ging kein einziges Spiel verloren. Zum Leidwesen des auf die Ersatzbank verdammten Boris Kolodin, dem Abwanderungstendenzen in Richtung Südeuropa – laut

Zeitungberichten lag ein Angebot von Hibernians Malta der Klubführung vor – nachgesagt wurden.

„Fährst du noch zu den Heimspielen nach Vorderstadt?“, zeigte sich Stefan ungewöhnlich interessiert, während er wie früher eine geröstete Leber mit einem kleinen Salat bestellte, nicht, ohne der Kellnerin ein appetitanregendes Dekolletee zu bestätigen.

„Nein, ich habe mich mehr auf das Radfahren verlegt. Ich bin heuer schon auf Trainingslager in Mallorca mit meinen Radsportfreunden gewesen. Vielleicht fahr ich zur Fußball-WM nach Italien, wir spielen in Rom und in Florenz. Kannst du dich noch an das Match gegen die DDR erinnern, das wir uns in meiner Dienstwohnung angeschaut haben? Das war die Entscheidung in unserer Qualifikationsgruppe, weil die DDR schon mehr oder weniger in Auflösung war, auch den Fußball betreffend. Die besten DDR-Kicker spielen heute in der deutschen Bundesliga. So schnell hat sich die Welt verändert, auch im Fußball. Ich bin am überlegen, ob ich nicht mit meinem Vater nach Florenz zu unserem zweiten WM-Match gegen die Tschechoslowakei fahre. Wenn wir das Spiel gewinnen, dann sollte Platz zwei und damit der Aufstieg in die Finalphase möglich sein. Wird aber nicht einfach werden. Bei den Tschechoslowaken ist auch unser Mittelfeldregisseur, den wir von Dynamo Budweis geholt haben, im Kader. Er hat eine echt starke Saison bei unseren Rot-Weißen gespielt. Von Boris Kolodin redet heute keiner mehr, er wird nach Malta verkauft werden. Ich denke, das Match gegen unsere Nachbarn wird entscheidend sein.

Gegen Gastgeber Italien wird es im Auftaktmatch nichts zu holen geben, noch dazu in Rom im Stadio Olympico. Auch gegen die Tschechoslowakei wird es nicht leicht, aber vielleicht kommt es auf das dritte Spiel in Florenz gegen die USA an. Florenz ist nicht weit weg, das geht noch mit dem Auto", ließ Ronnie seiner Fußballeuphorie freien Lauf.

„Florenz ist eine sehr schöne Stadt. Am Weg dorthin kannst du im Rimini Zwischenstation machen, ich kenn da ein nettes Hotel mit dem Namen Argentina. Ich träum heute noch von den Schönheiten im Frühstücksraum", versuchte Stefan die leidenschaftlichen Ausführungen seines Freundes in Sachen Fußball auf ein anderes Thema zu bringen. Als Ronnie seine WM-Prognose mit Deutschland als Weltmeister näher erläutern wollte, unterbrach Stefan seinen Redefluss mit der Bemerkung „Hast du nach unserem Abschied bei Gericht noch Kontakt zu Andrea gehabt?"

„Nein. Für mich war und ist das Ganze abgeschlossen. Ich steh sowieso mehr auf intelligente Frauen, auch wenn du das nicht glaubst", schob Ronnie diese kurze Episode seines Liebeslebens bewusst rasch und lässig auf die Seite, „ich bin in einer platonischen Beziehung mit einer Politikwissenschafterin, die auch Soziologie studiert hat, wenn du es genau wissen willst. Wir treffen uns oft auf einen Kaffee und tauschen uns zu gesellschaftspolitischen und sozialen Themen aus."

„Das ist ja toll, Ronnie, da gratuliere ich dir. Ihr seid auf einer Metaebene zusammen – Kopferotik sozusagen", witzelte Stefan Karoly und sah dabei der Servierdame in den überaus ausladenden und auch für Ronnie Astlehner nicht zu übersehendem Ausschnitt, als diese die Hascheeknödel mit Sauerkraut und die geröstete Leber mit Salat auf den Tisch stellte.

„Es freut mich, dass du wenigstens beim Essen noch kein Kostverächter geworden bist. Dann mal Prost!“, gab sich Stefan jovial.

„Was glaubst du Ronnie, werden die beiden verurteilt werden? Für mich ist die Beweislage ein bisschen dünn, oder? Nur wenn sie sich bei der Vernehmung in Widersprüche verstricken oder sie sich gegenseitig belasten, dann könnte es eng werden. Für wen auch immer. Fest steht, dass Mario Pivaric und Dr. Straka zu jener Zeit, zu der Johanna Eder ermordet worden ist, in Rimini waren. Fest steht auch, dass Mario in seiner Begleitung. Meine Personalien sind von Straka, aus welchem Grund auch immer, benutzt worden. Er hatte eine Kopie meines Reisepasses, die ich ihm für meine Zulassung am Kreisgericht gegeben habe.“

„Aber warum ist Straka mit ihm nach Rimini gefahren? Sie waren ein sehr ungleiches Paar, oder?“, konnte Ronnie keine Verbindung zwischen den beiden finden.

„Richtig, aber bei der Liebe hört sich jede Logik auf. Das war bei dir und Andrea auch so. Ich denke, der Dr. Straka war besessen von der Johanna und zutiefst verletzt, dass sie ihm der Niederwimmer vor allen Teilnehmern der Montagsrunde weggeschnappt hat. Der Mario hat sich vielleicht angeboten, das wieder gut zu machen, schließlich war die Johanna auch ein Pferdchen von ihm und seinem Bruder. Angeblich soll Ludwig Straka der Johanna fast hörig gewesen sein, vielleicht wollte er ja mehr von ihr. Es ist nichts Außergewöhnliches, dass ältere Herren sich eine jüngere Frau an ihrer Seite wünschen. Seine Pensionierung stand bevor. So gesehen hätte auch sein Ruf bei Gericht nicht gelitten, oder?

„Das mag sein, aber wie passt da der Mord an dem Niederwimmer hinein? Der ist auch extra nach Rimini gefahren. Das hat auch die Staatsanwaltsanwaltschaft nachgewiesen."

„Genau das ist ihm aber zum Verhängnis geworden. Vielleicht wollte der Mario die Johanna gar nicht töten. Dr. Straka wird es eher nicht gewesen sein. Es kann ein Unfall im Streit, den der Franz Niederwimmer zufällig beobachtet hat, gewesen sein. Also kein Mord, sondern eher eine Körperverletzung mit tödlichem Ausgang. Als Niederwimmer den Mario später in Vorderstadt darauf angesprochen hat, war das sein Todesurteil. Der Mario war Scharfschütze in der Tito-Armee. Der Schuss, der Niederwimmer tötete, stammt aus der Waffe von Mario Pivaric. Sie wurde in seinem Auto in der Enns gefunden wurde. Du kannst froh sein, dass er früher aus der Peep Show abgehauen ist, sonst wärst du das nächste Opfer gewesen."

„Stefan, ich habe mich aber sehr sicher gefühlt mit so viel Polizeischutz, aber so wie du das jetzt sagst. Wenn der Pivaric sich irgendwo verschanzt hätte, immerhin musste ich aussteigen und die Straße überqueren. Ziemlich leichtsinnig von mir, oder? Das ist mir so noch nicht bewusst geworden."

„Hätte blöd ausgehen können, aber du hast eigentlich immer Glück gehabt. Zuerst habe ich dich herausgeboxt, als er dir in der Tiefgarage aufgelauert hat. Dann ist es ihm zu heiß geworden, das Polizeiaufgebot dürfte ihm nicht entgangen sein."

„Pivaric hätte Dr. Straka erschießen können, warum musste es nach Selbstmord aussehen?"

„Mario hatte dann keinen anderen Ausweg mehr gesehen, als unseren Vizepräsidenten aus dem Weg zu räumen. Vielleicht war unser ehrenwerter Richter Johannas Mörder. Er ist extra wegen ihr mit dem Mario nach Rimini gefahren. Dem Straka ist das Ganze sicher zu heiß geworden und er wollte auspacken. Es sollte alles nach Selbstmord aussehen. Könnte sein, dass man ihn noch erpresst hat und Geld von ihm wollte. Da hat man ihm schon mal die Schlinge um den Hals gelegt. Der Mario Pivaric war da eiskalt. Fakt ist aber auch, dass ihm wer geholfen haben muss. Die Andrea könnte es gewesen sein."

„Stefan, ich bezweifle, dass sie mit ihren 50 Kilo in der Lage gewesen ist, einen Mann wie Straka mit anzuheben."

„Täusch dich da nicht. Du hast sie im Peachy Club erlebt, wie sie den Italiener niedergeschlagen hat. Sie macht Krav Magna als Krafttraining und Kampfsport. Und Richter Straka war auch kein Schwergewicht, eher schmächtig. Und du brauchst sie nicht verteidigen. Sie hat dir was vorgespielt und dich ausgehorcht. Wie sonst hätte Mario von unseren

Ermittlungen Wind bekommen. Du hast Glück gehabt, dass er dir nur eine Abreibung verpassen wollte und ich dazwischen gegangen bin. Mehr will ich mir gar nicht vorstellen. Sie ist in jedem Fall ein Luder und du warst ein Idiot, aber du hast es nicht wahrhaben wollen."

„Kann sein Stefan, ich glaub, die Wahrheit wird nie ans Licht kommen, auch beim Prozess nicht, Drasko und Andrea werden dichthalten, wenn es so war."

„Wie viel steht eigentlich auf Anstiftung oder Beihilfe zum Mord?", wollte Stefan wissen.

„Bei der Bestimmung und dem Beitrag zum Mord kann es auch lebenslang geben, so wie für den Mörder. Das setzt voraus, dass Beitragstäter und Anstifter vorsätzlich gehandelt haben und sich dieser Vorsatz in ihren Handlungen niedergeschlagen hat. Sonst kommt es zu einer Strafmilderung oder überhaupt zum Freispruch. Schwierig wird der Beweis, dass Andrea dem Mario Pivaric tatsächlich geholfen hat. Die entscheidende Frage bei Drasko ist, wie konkret er seinem Bruder die Taten befohlen hat und dass er Mario durch sein Einwirken dazu gebracht hat, aber sicher bin ich mir nicht, ob das so war. Einen Mord habe ich beim Strafrichter Gott sei Dank nie bearbeiten müssen", sah er Stefan mit zusammengepressten Lippen an.

„Mich brauchst du da nicht mehr fragen. Außer im Sexualstrafrecht war ich in keinem Rechtsgebiet ein echter Experte", gab Stefan erheitert zurück.

„Deine Expertise in Vermögensdelikten und Raufhandel hast du offensichtlich schon vergessen", erinnerte Ronnie ihn an längst Vergangenes, wie Stefan zu sagen pflegte, wenn die Rede auf seine Vorstrafen kam.

„Was mich aber jetzt wirklich überrascht, dass sie dich nicht als Zeugen vorgeladen haben, Stefan. Du hattest doch schließlich Gesprächsaufsicht beim Besuch eines seiner Pferdchen, oder?“

„Vanessa hieß sie“, unterbrach ihn Stefan.

„Interessant ist auch, dass kein einziger Kollege des verstorbenen Dr. Straka anwesend war, ich habe keinen gesehen, außer den Dr. Frank natürlich.“

„Ronnie, das finde sehr merkwürdig, schließlich war der Straka Vizepräsident. Aber wahrscheinlich haben die Herrn Räte viel Arbeit oder andere Gründe. Und ich bin sehr froh darüber, nicht als Zeuge aussagen zu müssen. Das ist der Lohn, dass wir so gut mit der Kripo kooperiert haben. Sie hätten uns beide als Zeugen namhaft machen können, aber Polizei und Staatsanwaltschaft wollen ihren Ermittlungserfolg sicher nicht mit zwei unbedarften Rechtspraktikanten teilen, das würde ihren Erfolg nur schmälern.“

„Ich glaub ich brächte gar nichts heraus, wenn ich Andrea da so sitzen sehe. Nicht, dass ich noch viel empfinden würde, aber es war doch eine sehr emotionale Sache.“

„Das kann man sagen, so wie du mir damals den Garderobenständer hast spüren lassen. Du erinnerst dich sicher noch, was ich damals gesagt habe.“

„Ja, dass sie nicht zu mir passt, aber das wollte ich halt nicht wahrhaben. Gut, sie hat mich hintergangen aber dass sie die Geliebte eines Mörders ist, darauf bist nicht einmal du gekommen."

„Ich habe dir aber gesagt, dass sie eine Nutte ist, und du hast es gewusst. Eigentlich müsstest du mir jetzt noch dankbar sein", ätzte Stefan ganz in alter Manier.

„Wofür? Für den neuen Garderobenständer? Ich sehe heute noch dein Gesicht, wie du k.o. gegangen bist", versuchte Ronnie seinen Freund aus der Reserve zu bringen.

„Na, jetzt übertreib nicht. Ich bin halt ausgerutscht", gab Stefan lächelnd zurück. „Wir sollten schauen, dass wir zurückfahren, damit wir nichts versäumen. Es wird spannend werden."

Die beiden lagen mit ihrer Einschätzung der Rechts- und Beweisproblematik lagen richtig, wie sich im Verlaufe des Nachmittags rasch herausstellen sollte. Die Vernehmung der Angeklagten brachte keine weiteren Anhaltspunkte als jene, die von Staatsanwaltschaft und Verteidigung schon vorgebracht worden waren. Andrea Wagner beteuerte von den Mordabsichten ihres Beschützers nichts gewusst zu haben und stellte sich als naives Werkzeug ihres Geliebten Mario Pivaric dar. Sie sei noch nie im Haus des Dr. Straka gewesen, den sie im Übrigen nur flüchtig kannte.

Drasko Pivaric blieb bei der Aussage, die er auch der Polizei gegenüber gemacht hatte. Weder direkt noch indirekt sei er in der fraglichen Zeit in Kontakt mit seinem Bruder gewesen. Obwohl sich das hohe Gericht und der Staatsanwalt größte Mühe gaben, die Angaben von Drasko

Pivaric immer wieder zu hinterfragen und alle Möglichkeiten der Kontaktanbahnung in den Raum stellten – konkrete Beweise und Zeugen gab es dafür nicht. Zügig und ohne weitere Einvernahmen beendete der Richter das Beweisverfahren und zog sich mit den Geschworenen zur Beratung zurück, nachdem es keine Zweifel an der Zurechnungs- und Schuldfähigkeit der Angeklagten gab, was psychiatrische Gutachten und deren Vortrag obsolet machten.

Nach kurzer Zeit – keine Stunde war vergangen - kam das hohe Gericht wieder in den Schwurgerichtssaal zurück.

„Offenbar sind die Geschworenen in der Schuldfrage schnell einig geworden", stellten Ronnie und Stefan beim Wiederbetreten des Saales fest. Sie hatten ihren Kaffee vom Automaten, der sich – wie zu ihrer aktiven Gerichtszeit – vor dem Speisesaal befand, noch gar nicht ausgetrunken, als das Rumoren im ersten Stock wieder zunahm.

Die Angeklagten wurden diesmal über den Seiteneingang in den Schwurgerichtssaal geführt. Beide nahmen mit starrem Blick auf der Anklagebank Platz.

„Bitte erheben sie sich zur Urteilsverkündung", hob Richter Dr. Frank seine Stimme stärker an. Ronnies Puls war jetzt ebenso in die Höhe geschnellt, er hatte seine Augen nur auf Andrea gerichtet. Was mochte jetzt in ihr vorgehen?

„Es kann eine lange Haftstrafe werden", schoss es ihm durch den Kopf.

Im Saal war es jetzt totenstill, die Worte des Richters „Im Namen der Republik hat das Gericht in der Strafsache gegen Drasko Pivaric und Andrea Wagner zu Recht erkannt“, kamen Ronnie wie das Aufziehen eines Schafotts vor, das sogleich auf die Angeklagten niederfallen würde. Richter Dr. Frank blickte noch einmal kurz zu seinen Richterkollegen und den Geschworenen, bevor er das Urteil verkündete. Die Anspannung im Raum war für alle Anwesenden fühlbar, die plötzliche Stille beklemmend. Ronnies Hände schwitzten, er schloss die Augen und hoffte insgeheim, dass Andrea einer Verurteilung entkommen würde. Die Stimme von Dr. Frank kam ihm dabei wie von einer übermächtigen, fast außerirdischen Instanz vor:

„Die beiden Angeklagten Drasko Pivaric und Andrea Wagner werden von den ihnen zu Last gelegten Bestimmungs- und Beitragsdelikten gemäß §§ 12 und 75 StGB freigesprochen. Das Verfahren gegen sie wird eingestellt.“

Ein Raunen ging durch die Besucherreihen. Drasko ballte die Faust als Ausdruck der Erleichterung und sah mit dem Lächeln eines Siegers zu Andrea hinüber, die das Urteil ohne Regung über sich ergehen ließ. In der Urteilsverkündung führte Dr. Frank aus, dass weder der Tathergang widerspruchsfrei noch die Beteiligung der Angeklagten zweifelsfrei eruiert werden konnte. Die seitens der Staatsanwaltschaft vorgebrachten Indizien waren nicht ausreichend, um eine ausreichende Bestimmungs- und Beitragshandlung erkennen zu lassen. Die Kontakte zu

Mario Pivaric reichten in beiden Fällen ebenso wenig aus wie der Gehorsam und die Loyalität der Angeklagten Andrea Wagner zum Brüderpaar Pivaric als ihre Beschützer und Liebhaber, die dieses Verhältnis für sich ausgenutzt hätten.

Anwalt Guggenbichler schüttelte die Hand seiner Mandantin und ging sogleich auf Dr. Haberlik zu, der die vor sich liegenden Schriften in seine Aktentasche kramte.

„Na, Ronnie was habe ich dir gesagt. Die Beweislage war zu dünn. Da hätten sie uns auch fragen können."

„Mag sein, Stefan, vielleicht war es aber auch ganz anders, nur es gibt halt keine Beweise. In jedem Fall haben oder hatten die beiden was miteinander, das spür ich, sonst würden sie sich nicht so aus dem Weg gehen oder so tun. Bleiben wir noch sitzen, wir kosten das jetzt aus, das ist jetzt endgültig der Schlussstrich unter unsere Gerichtslaufbahn."

Während sich der Saal leerte und die beiden Strafverteidiger auf ihre Mandanten einredeten, kam Dr. Frank auf Ronnie und Stefan zu.

„Grüß Gott, Herr Doktor, Gratulation zu der souveränen Verhandlungsführung", ergriff Stefan sofort das Wort, um eventuell unangenehmen Fragen seines Ex-Chefs zuvorzukommen.

„Danke, Herr Karoly, das war mein erster Schwurgerichtsprozess. Gott sei Dank, habe ich sie nicht als Zeugen vernehmen müssen. Ich habe mich gewundert, dass weder der Staatsanwalt noch die Verteidigung sie nominiert hat, wo sie doch so exzellente Kontakte in beide Richtungen haben", gab sich Dr. Frank süffisant.

„Herr Rat, Ich bin jetzt in der Privatwirtschaft und international tätig, das ist alles Geschichte," kehrte Stefan Karoly in seiner überheblichen Art den erfolgreichen Manager hervor.

„Und wie geht es Ihnen, Herr Magister Astlehner? Die Richterlaufbahn haben sie nicht weiterverfolgt, habe ich mir sagen lassen. Eine gute Entscheidung kann ich nur sagen. Sie sehen, mit welchen Fällen man es da zu tun bekommt. Ich wünsche Ihnen Alles Gute."

„Ebenfalls Alles Gute, Herr Dr. Frank", gab Ronnie lächelnd zurück.

Der Gerichtsaal war mittlerweile leer. Sie hatten gar nicht mitbekommen wie Drasko Pivaric und Andrea Wagner mit den beiden Rechtsanwälten an ihnen vorbeigegangen waren. Dr. Frank bog am Gang in sein neues Büro im ersten Stock ein und so gingen Ronnie und Stefan fast andächtig wieder aus dem Gerichtsgebäude hinaus. Der Wachdienst war bereits außer Dienst. Ronnie wusste gar nicht wie ihm geschah, als er von seinem Freund Stefan mit einem kräftigen Schulterklopfen verabschiedet wurde.

„Halt die Ohren steif und suche dir die richtige Frau. Den richtigen Job hast du schon", schwang Stefan sich in seinen Sportwagen und beschleunigte derart, dass er vor dem Zebrastreifen, den Drasko Pivariac und Andrea Wagner eng umschlungen, Hand in Hand überqueren wollten, eine Vollbremsung vornehmen musste.

Drasko zeigte ihm die Faust, Andrea den Finger. Stefan gestikulierte wild zurück. Als Drasko auf das Auto losgehen wollte, startete Stefan Karoly durch, auf dass die beiden vor Schreck zurückweichen mussten.

„Er kann es nicht lassen", dachte sich Ronnie und beschloss noch einmal am Stadion des SK Vorderstadt vorbeizufahren. Langsam bog er mit seinem Wagen in die andere Richtung der Parkplatzausfahrt, um auf die Volksstraße zum wenige hundert Meter entfernten Stadion zu gelangen. Das Eingangstor war geöffnet, der Platzwart zog mit dem Rasentraktor seine Runden. Ronnie stellte sein Auto nochmals ab und ging zu dem Platz auf der Südtribüne, von dem aus er immer das Geschehen verfolgt hatte. Er schaute gegen die tiefstehende Sonne zur Ehrentribüne hinüber, alles lief nochmals wie ein Film vor ihm ab. Er zündete sich eine Zigarette an und holte das Polaroid-Foto, das Andrea und ihn auf der Terrasse des Hotel Grande Italia in Rimini zeigte, aus seiner Geldbörse, um es mit seinem Feuerzeug anzuzünden. Es brannte überraschend gut, einem eigenen Muster folgend halbkreisförmig und langsam. Zuerst brannte er, dann sie, als ihn Pfiffe und Rufe des Platzwartes aus seinen Erinnerungen rissen.

„Hey, Sie, was machen sie denn da? Wir haben zu, schleich dich, sonst hol ich die Polizei."

Ronnie ging langsam hinaus, mit der Polizei hatte er schon genug Bekanntschaft gemacht.

ROBERT LEITNER

Jahrgang 1963, Jurist, Wirtschaftsexperte, Autor zahlreicher Fachpublikationen, Fußballfan und Italienliebhaber, versucht sich erstmals im Krimigenre.
Robert Leitner lebt mit seiner Familie in Linz/St-Magdalena

Copyright Wakolbinger

Elferkiller stellt das geschichtsträchtige Jahr 1989 in den Mittelpunkt – ein Jahr das Österreich, Europa und die Welt ebenso verändert hat wie die Protagonisten dieser Geschichte.

Schriftenstand by NINA KATZ

www.schriftenstand.info